文章作法

文章作法

，：（

夏丏尊
劉薰宇／著

責任編輯　劉　煒
裝幀設計　洪清淇
封面設計　依蝶蝶

書　　名　**文章作法**
著　　者　夏丏尊　劉薰宇
出　　版　三聯書店（香港）有限公司
香港鰂魚涌英皇道 1065 號 1304 室
香港發行　香港聯合書刊物流有限公司
香港新界大埔汀麗路 36 號 3 字樓
印　　刷　陽光印刷製本廠
香港柴灣安業街 3 號 6 字樓
版　　次　1998 年 7 月香港第一版第一次印刷
2012 年 4 月香港第一版第三次印刷
規　　格　特 16 開（150 × 210 mm）128 面
國際書號　ISBN 978-962-04-1560-9

Published and Printed in Hong Kong

目錄

序

這是我六七年來的講義稿，前五章是一九一九年在長沙第一師範時編的，第六章小品文是一九二二年在白馬湖春暉中學時編的，二者性質不同，現在就勉强湊集在一處。附錄三篇，都是在校報上發表過的，也順便附在後面。

教師原是忙碌者，國文教師尤其是忙碌者中的忙碌者，全書諸稿，記得都是深夜在呵欠中寫成的。講的時候，學生雖表示有興味，但講過以後，自己就不願再去看它，覺得別無可存的價值。只把釘成的油印本擱在書架上。

有一天，鄰人劉薰宇從塵埃中拿下來看了說是很好，勸我出版，我只是笑而不應。這已是四年前的事了。去年，薰宇因立達學園缺乏國文教師，不教數學，改行教國文了，叫我把稿本給他，說要用這去教學生。我告訴他原稿不完全的所在，請他隨教隨修改。薰宇教了一年，修改了一年，於說明不充足處，使之詳明，引例不妥當處，從新更換，費去的心思實在不少。大家認爲可做立達學園比較固定的教本，爲欲省油印的煩累，及兼備別校採用計，就以兩人合編的名義，歸開明書店出版。

本書内容取材於日本同性質的書籍者殊不少。附錄中的《作文的基本態度》一篇，記得是從五十嵐力氏《作文三十講》中某章"燒直"過來的，順便聲明在這裡。

一九二六，八，七，丏尊記於上海江灣立達學園。

緒　　言

“熟讀唐詩三百首，不會作詩也會吟。”這句話雖然只指示學習“作詩”的初步方法，但中國人學習作文，也是同一的態度。原來中國文人是認定“文無定法”，只有“神而明之”，所以古代雖然有幾部論到作文法的書如劉勰的《文心雕龍》和唐彪的《讀書作文譜》之類以及其他的零碎論文，不是依然脱不了“神而明之”的根本思想，陳義過高，流於玄妙，就是不合時宜。近來在這方面雖已漸漸有人注意，新出版的書也有了好幾種，只是適合於中等學校做教科用的仍不易得；而爲應教學上的需要，實在又不能久待；所以參考他國現行關於這一類的書籍，編成這本書以救急。

文章本是爲了傳達自己的意思或情感而作的，所以只是一種工具。單有意思或情感，没有用文字發表出來，就只能保藏在自己的心裡，别人無從得知。單有文字而無意思或情感，不過是文字的排列，也不能使讀的人得到點什麼。意思或情感是文章的内容，文字的結構是文章的形式。内容是否充實，這關係作者的經驗、知力、修養。至於形式的美醜，那便是一種技術。嚴格地説，這兩方面雖是同樣地没有成法可依賴，但後者畢竟有些基本方法可以遵照，作文法就是講明這些方法的。

技術要達到巧妙的地步，不能只靠規矩，非自己努力鍛煉不可。學游泳的人不是只讀幾本書就能成，學木工的人不是只聽別人講幾次便會，作文也是如此，單知道作文法也不能就作得出好文章。反過來說，不知作文法的人，就是所謂“神而明之”的也竟有成功的。總之，一切技術都相同，僅僅仗那外來的知識而缺乏練習，絶不能純熟而達到巧妙的境地。“多讀，多作，多商量。”這話雖然簡單，實在是很中肯綮，顛撲不破；要想作好文章的不能不在這方面下番切實的功夫。

照上面所說的一段話，必定有人疑心到作文法全無價值，依舊確信“文無定法”，只想“神而明之”，這也是錯的。專一依賴法則固然是不中用，但法則究竟能指示人以必由的途徑，使人得到正規。漁父的兒子雖然善於游泳，但比之於有正當知識，再經過練習的專門家，究竟相差很遠。而跟着漁父的兒子去學游泳，比之於跟着專門家去練習也不同，後者總比前者來得正確、快速。法則對於技術是必要而不充足的條件，真正憑着練習成功的，必是暗合於法則而不自知的。法則没用而有用，就在這一點，作文法的真價值，也就在這一點。

第一章　作者應有的態度

文章有內容和形式兩方面，前面已經講過。所謂好文章，就是達意表情，使讀者讀了以後能明瞭作者的本意，感到作者的心情的文章。應當怎樣作法才能達到這種地步，這個問題包含很廣，實不容易；但綜合起來，最要緊的基本條件卻有兩個：(1) 真實；(2) 明確。

(1) 真實　文章是傳達自己的意思和情感給別人的東西。倘然自己本來並無這樣的意思和情感，當然不應該作表示這樣的意思和情感的文章，不然便是説誑了。近來，許多青年歡喜創作，卻又並不從實生活上切切實實地觀察體驗，所以雖然作了許多篇東西，卻全同造謠一樣，令人讀去覺得非常空虛。"情者，文之經；辭者，理之緯；經正而後緯成，理定而後辭暢：此立文之本也。"所以作文先要有真實的"情"，才不是"無病呻吟"。所謂"真實"，固然不是開發票或記賬式地將事實一件一件地照樣寫出，應當有所選擇；但把很微細的事物説得很誇張，把很重大的事件説得很狹小，或竟把有説成無，把無説成有，都不免成爲虛空。

雖然文章是表現作者的實感，往往有擴大、縮小的事實，而同一事物看大、看小也隨人隨時不同；但這是以作者的心情做基礎，不能憑空妄造。用一塊錢買一件東西，是一樁很簡單的事；但因時間和各人的情形不同，有的人覺得便宜，就說："不過花一塊錢。"有的人覺得昂貴，就說："這要一塊錢呢!"心情完全不同。但都是真實的，所以没有不合理的地方。"白髮三千丈，緣愁似個長"、"筆落驚風雨，詩成泣鬼神"、"朝如青絲暮成雪"、"邊亭流血成海水"，這類名句所以有價值，就因它們是表現作者的實感。倘若並沒這樣的心情，徒然用這樣筆法來裝飾，便是不真實。

(2) 明確　文章要能使讀的人了解，才算達到作文的目的，所以難解及容易誤解的文章，都不能算是好的。古來的名文中，雖也有很深奧、晦澀，非加上註解不能使人明白的，但這不是故意艱深，使人費解。所以這樣有兩種原因：一是它的內容本來深奧，二是言語隨着時代變遷，古今不同。

文章本是濟談話之窮的東西，它的作用原和談話没有兩樣。但用談話來發表意思和情感的時候，大概是彼此覿面的；有不了解的地方，還可當場問清楚。至於文章，是給同時代或異時代任何地方的人看的，很難有詢問的機會，萬一費解，便要減少效用，或竟失卻效用。就是談話，尚且要力求明瞭，何況文章呢?

以上兩種是作文的消極的條件，不可不慎重遵守。要適合這兩種條件，下列幾項最要注意。

(1) 勿模倣、勿剿襲　文章是發表自己的意思和情感，所以不能將別人的文章借來冒充；剿襲的不好是大家都承認的，古來早已有人說過，不必再講。至於模倣，古來卻有不以爲非的。什麼桐城派、陽湖派的古文呀，漢魏的駢文呀，西崑體的詩呀……越學得像越好。其實文章原無所謂派別，隨着時代而變遷，也無所謂一定的格式。僅僅像得哪一家，哪一篇，決不能當作好的標準。從另一方面說，文章是表現自己的，各人有各人的天分，有各人的創造力；隨人脚跟，結果必定抑滅了自己的個性；所作的文章就不能完全自由表示自己的意思和情感，也就不真實、不明確了。

（2）須自己造辭，勿漫用成語或典故　所作的文章要讀的人讀了能夠得着和作者作時相同的印象，才算是好的，所以對於自己所要發表的意思和情感必須十分忠實。這本不是一件容易的事，第一步功夫就在用辭。用辭要適如其分，不可太强，也不可太弱，不可太大，也不可太小。從來文人無不在用辭上下過苦功夫，賈島的“推敲”就是最顯明的例。法國文豪福來培爾教他的學生莫泊桑有幾句名語，很可做教訓。

> 因爲世間没有全然相同的事物，作者對於事物，要先觀透它的個性。描寫的時候務須明晰，使讀者不致看錯。這樣，自然和人生的真相才能在作品中活躍。最要緊的事情就是選辭。我們應該曉得，表示某事物最適當的言語只有一個，若錯用了别語，就容易和别事物混同。

他這段話真是至言，作者對於要表示的内容，應該蒐求最適當的辭來表示它，不要漫把不適當的或勉强適當的辭來張冠李戴。因此可以説，要對言辭有敏感的人，才能作得出好文章。

曉得這一層，就不至於亂用成語或典故了。成語、典故如果真和自己所要表示的內容脗合，用也無妨，但事實上很難得有這樣湊巧的事情。如“暮色蒼然”是描寫晚景的成語，但暮色不一定蒼然，若只要描寫暮色就用這成語便不真實了。古人灞橋折柳以送行，本是一種特別土風，“陽關”、“渭城”也是實有所指；現在這種土風已沒有了，事實也不相同了，要描寫別離的情況，還用“陽關三疊”、“渭城驪歌”這類的話，也便是不真實、不明確。又如“蒓鱸之思”這句成語，在張翰本是實有這樣的情感，若不是吳人，連蒓鱸的味都不知道的，也用來表示思念故鄉的情感，當然不真實、不明確了。用成語、典故真能確切的實在不多，所以這樣的錯誤觸目皆是，非特別留意不可。

和成語、典故相類似，用了容易發生錯誤的，還有外國語和方言。外國語除了已經通行的或真没有適當譯語的以外，都應當避去，因爲不懂外國語的人見了這種辭是不會懂的，已懂外國語的人見了這種辭又要感着累贅討厭。方言非有特別理由，就是没有適當的辭可代替的時候，也不宜用，因爲文章中雜用方言，別地方的人讀了往往不容易明瞭。

(3) 注意符號和分段　符號和分段，都是輔助文章使它的意義更比較明確的。符號錯誤，就易使文章的真意不明，或引起誤解。同一句話，因符號不同，意義就不相同。例如：

一、“大軍官正擦額上的汗呢！聽見了這句話，遂高聲喊道：‘全勝！’”這句裡“全勝！”本是大軍官得意的口吻，所以用歎號（！）表出；若用問號，便是表示那大軍官還懷疑別一軍官的報告，並且和“遂高聲喊道”幾個字所表示的情調不稱；若用住號（。），情調自然也不合，而“全勝”二字所表示的不過是事實的直述，再無別的意味。

二、“我愛他，是很光明的。”“我愛他是很光明的。”兩句意義全不同：第一句“是很光明的”五個字是指“我愛他”這件事，第二句是指“我”所以“愛他”的原因。

一篇文章雖有一個中心思想，但仔細分析起來，總是聯合幾個小的中心思想成功的。爲了使文章的頭緒清楚，應當把關於各個小的中心思想的文字作成一段；換句話說，就是一個小的中心思想應當作一段，而一段中也只應當有一個小的中心思想。文章的內容若十分複雜，一段裡面還可分成幾小段。分段的標準或依空間的位置，或依時間的順序，或依事理自然的秩序，全看文章的內容怎樣。至於每段的長短，這是全無關係的。

(4) 用字上的注意　爲使文章明確和翻譯外國文便利，關於第三身代名詞，這幾年常有人主張將“他”字依性別劃分，但還沒有一定主張；我喜歡單數在男性用“他”，在女性用“她”，在通性用“牠”（編者按：今做“它”）；多數則用“他們”，“她們”，“它們”。“的”字也劃分成三個：(A)“的”用做代名詞和形容詞的語尾；(B)“底”用做後置介詞，表示“所屬”（編者按：目前習慣用法“底”與“的”不分，爲便利讀者，本文集的“底”都改成了“的”）；(C)“地”用做副詞的語尾。“那”字原有“詢問”和“指示”兩種任務；現在也有人主張分成兩個，“詢問”用“哪”，讀上聲；“指示”用“那”，讀去聲。這些分別，於文的明確很有關係，雖未全國通用，但在個人無論採用與否卻須一致，否則誤解就容易發生。

第二章　記事文

第一節　記事文的意義

將人和物的狀態、性質、效用等，依照作者所目見、耳聞或想像的情形記述的文字，稱爲記事文。例如：

……這一枝梅花只有二尺來高，旁有一枝，縱橫而出，約有二三尺長；其間小枝分歧，或如蟠螭，或如僵蚓，或孤削如筆，或密聚如林；真乃：“花吐胭脂，香欺蘭蕙。”

——《紅樓夢》第五十回

案上設着大鼎，左邊紫檀架上放着一個大官窑的大盤；盤内盛着數十個嬌黄玲瓏大佛手；右邊洋漆架上懸着一個白玉比目磬，旁邊掛着小槌。

——《紅樓夢》第四十回

（狀態）

可以敵得過代洛西的人，一個都没有，他什麽都好，無論算術，作文，圖畫，總是他第一，他一學即會，有着驚人的記憶力，凡事不費什麽力氣，學問在他，好像遊戲一般。

——《愛的教育·級長》

如今長了七八歲，雖然淘氣異常，但聰明乖覺，百個不及他一個！

——《紅樓夢》第二回

（性質）

那個軟煙羅只有四樣顏色，一樣雨過天青，一樣秋香色，一樣松綠色的，一樣就是銀紅的。若是做了帳子，糊了窗屜，遠遠的看着，就似煙霧一樣。

——《紅樓夢》第四十回

這就是鮫綃絲所織。暑熱天氣，張在堂屋裡頭，蒼蠅蚊子，一個不能進來，又輕又亮。

——《紅樓夢》第九十二回

（效用）

上面所舉的例，都是記事文。所謂人和物的狀態、性質、效用等都是靜的，空間的這個標準全是就作者的旨趣說，所以有時被記出的雖是動狀，仍是記事文，例如：

堤上雖有微風，河裡却毫沒有波紋，水面像鏡子一般，映出澄清的天空的影。

——《少年的悲哀》

那時候白霧越發降得重，離開房子不過十步路，便看不見那邊的窗，只看見一團黑影，裡面射出來一條紅燈光。河上又發出種奇怪的鼾息聲，冰塊爆裂聲。一隻鷄在院子裡濃霧中間喔喔的叫着，引起別的鷄也鳴叫起來了，以近及遠，慢慢兒一村間只聽見一片鷄鳴聲音。可是四圍除去河流以外，所有都寂靜。

——《復活》第十七章

第二節　作記事文的第一步

記事文以記述經驗爲目的，未曾經驗的事物當然無從記述。就是有時是根據作者的想像，而所記述的是假設的情形，但想像也不是憑空妄造，須有相當的經驗做根據。因爲這樣，要作記事文先須經驗事物，或目見，或耳聞，或參考書籍，從各方面收集材料，更將所得材料按適當的次序排列起來。在初學的人，没有腹案的功夫的，並須將各材料一一地用短文記出。例如要作“西湖”的記事文，先就經驗所得，摘出種種的材料。

先查地理書，假定得下面的材料。

（一）西湖在杭州城西，又名西子湖。

（二）西湖是東南的名勝。

再把自己在遊西湖的時候的經驗列舉出來，假定如下：

（三）從上海坐滬杭車到杭州城站，步行三四里就到。

（四）我到車站的時候，原想坐人力車，後來聽説到那裡很近，就步行了。

（五）湖直徑約十餘里，遊船往來如織。

（六）舟人説，原有兩塔，南面的是雷峰塔，北面的是保俶塔。

（七）水很清，可望見游魚。

（八）湖濱旅館很多，我在某旅館住了幾天。

（九）别莊、祠堂相望，風景幽美。

（十）一面濱市，三面皆山。

（十一）山峰連續，最高者是北高峰。

（十二）春夏遊人最多，外國人來遊的也不少。

（十三）坐小舟行湖中，如入畫圖。

（十四）有蘇白二堤，蜿蜒湖中。

（十五）有林和靖墓、蘇小小墓、岳墳等古跡。

（十六）山的有名的是北高峰、葛嶺、孤山、南屏山等。

（十七）寺觀林立，鐘聲時到遊人的耳際。

（十八）某別莊正在那裡開工建築。

（十九）四圍多垂柳，遠望如綠煙。

（二十）有人在那裡釣魚。

（二十一）山上多樹，水底有草。

這樣一個個地排列起來（愈多愈好），然後再對於材料行一種精密的取捨整理。

〔注意〕這種程序，可應用於一切文體，不但記事文如此。

第三節　材料的取捨和整理

從經驗事物雖將各項關於事物（題目）的材料收集起來，但這些材料，對於題目並不全然適切。如果將不適切於題目的材料夾雜進去，文章就有不切適的毛病。選擇材料的標準：一是適切題目，二是注重特色。例如以《西湖》爲題的記事文，前節所列的材料中，如（三）、（四）、（十八）和（八）的後半部，（六）的前半部，都不是《遊西湖記》的材料，不適切題目，應該捨去。(二十)、(二十一) 兩項不是西湖的特色，也應捨去。

材料取捨完了，其次便是整理。凡是同類的材料，務必集合在一處，將冗繁支離的删去。例如前節（五）的後半部和（十二）可併，因爲都是記述遊人的情況的；（十一）和（十六）也可併，因爲都是記述山的。

既將材料取捨，整理好了，聯綴起來，就成文章。現在將前節所舉的材料，依上面取捨整理的結果綴成短文如下：

西　湖

西湖又名西子湖，在杭州城西（一），是東南的名勝(二)。湖徑廣約十幾里（五)，一面濱市，三面皆山；山峰連續，最高的是北高峰（十一)，此外有名的有葛嶺、孤山、南屏山等（十六)。原有雷峰和保俶兩塔對峙，現只保俶塔巍然矗於北面（六)。蘇白二堤蜿蜒湖中（十四)。湖畔有林和靖墓、蘇小小墓、岳墳等古跡（十五)；別莊、祠堂相望（九)。寺觀林立，鐘聲時到遊人耳際（十七)，湖水清淺，可望見游魚（七)。四圍多垂柳，遠望如綠煙（十九)。坐小船行湖中，好像入畫圖（十三)。春夏間遊人最多，遊船往來如織，外國人慕名來遊的也不少（十二)。

〔練習〕試自集材料做下列各題：

(1) 我們的學校

(2) 我的故鄉

第四節　記事文的順序

記事文的順序大概有兩種，一以觀察的順序爲標準，一以事物本身的關係爲標準。簡單的記事文如前節所舉的例，通常用第一種。但要記複雜的事物，這種方法就不適用。如作《飛行機》和《無綫電話》等題的記事文，也依作者自己所觀察的順序爲文字的順序，一一聯綴起來，那便混雜不清了。

作複雜的記事文，先須注目於關係事物全體的材料，然後順次及於各部份；各部份的材料中，又是先列大的，後列小的。現在參考書籍，作《鴿》的記事文如下。

> 鴿是和鳩同類的一種鳥，大都善飛，喜羣居。統分野鴿和家鴿兩類，家鴿又分菜鴿和飛鴿兩種。（一）
>
> 野鴿，性情極兇惡；住在山野樹林裡，以田禾爲食，是農家的害鳥的一種。牠的羽毛全體暗黑，只有背的中央是灰白色，頸和胸前有紫綠色的光澤，眼睛的顏色不好看。（二）
>
> 家鴿爲野鴿變種，性情很馴良，可以和家鷄一樣給人家餵養。羽毛眼色，種種不一。飛翔很快，記憶力很强(1)。其中的一種，菜鴿，比較起來飛得不高，也飛得不遠。眼色也不十分好看。只是牠的生殖很容易。肉味也很鮮，用來佐菜，喜歡的人極多；就是牠的蛋也是很貴重的食品（2）。（三）
>
> 飛鴿，放到遠處地方去，牠也能自己飛回來，可用以傳信。但是牠生長很不容易，往往孵不出小鴿，因爲難得，售價非常的貴。（四）

家鴿的品格很多，要分辨牠們的好壞和名目，只消看牠們的眼睛和毛羽的顏色。（五）

菜鴿的眼睛雖不十分好看，但也有幾種有趣味的；一種薑黃眼，眼球下面，現着砂子，黃顏色裡帶些紅色（1）。一種桃砂眼，眼球下面的砂是桃紅色的（2）。又有一種水砂眼，桃砂的桃紅色還帶些淡紅的（3）。無論薑黃眼或桃砂眼，眼球裡有幾粒黑砂，能夠上下流動的，又叫流砂；很是名貴。將鴿的身子顛倒轉來，眼球裡的幾粒黑砂，就慢慢地流下；等到再轉身過去，又流轉了去，真是有趣（4）。（六）

飛鴿的眼睛，名目更多，最好看的是籐砂。籐砂又可分成三等：綱籐，眼睛裡有許多絲，像籐一般的，這種最好（a）；籐砂，只有一二條絲從眼球裡現出來，極顯明的，比綱籐次一些（b）；籐砂中最下等的，絲貼緊在眼球下面，並不顯明的（c）（1）。籐砂以外，鐵砂眼，眼球裡有一種和砂子一般的小粒的（2）；紫砂眼，眼睛顏色帶深黑的，也是上品（3）。又有一種硃砂眼，眼睛裡有細砂，紅得像硃砂一樣（4）。（七）

這文的順序畫出圖來，恰如下所示。

鴿……一
- 二
- 三（1）
  - （2）
  - 四
  - 五
    - 六
      - （1）
      - （2）
      - （3）
      - （4）
    - 七
      - （1）
        - （a）
        - （b）
        - （c）
      - （2）
      - （3）
      - （4）

凡事所記的事物非一見一聞就能明瞭，要從書籍上查考它的效用、構造歷史……的，都應該用這個方法來記述。

〔練習〕

（一）用下列材料作一篇《金字塔》的記事文：

（1）金字塔是五千年前埃及的古建築，是國王的墓。

（2）金字塔的最大的，高四百八十尺，底的面積九萬方尺，是世界最大的建築物。

（3）建築的材料是瓦磚和花崗石。

（4）花崗石的最大的，重數百萬斤。

（5）金字塔的裡面藏着用木乃伊包被包裹的國王的死骸。

（6）金字塔的材料，有一部份是瓦磚，那末五千年以前就有瓦磚，是很明白的事。

（7）木乃伊在金字塔中多數室內的石棺中藏着。

（8）金字塔內有許多地下室。

（9）所謂木乃伊包被，是像皮布樣的一種東西，用這包被包裹死骸，可以數千年不腐。

配列上的注意如下：

金字塔……全體
- 外部
  - 花崗石
  - 瓦　磚
- 內部地下室……石棺——木乃伊包被

（二）依前法就下題作比較精細的文字：

（1）我的家

（2）桃

第五節　文學的記事文

記事文雖以記述事物的狀態、性質、效用，使人理解爲主；但也有記述事物的美醜的一類，而不以使人理解爲目的。前一類，稱爲科學的記事文，只是作者對於事物的認識的報告，比較偏於客觀的，前幾節所舉的例都是。後一類稱爲文學的記事文，乃是表現作者對於事物的印象，主觀的成份比較多。

例如以《月》爲題，就有下面的兩種作法。

（一）月是星體中最和人相近的。在天空中一面繞着地球轉動，同時隨了地球繞太陽而行。它和地球一樣，還有自轉。它的自轉和繞着地球轉動，都大約是二十七日有零一週，所以地球上的人只能和它的大部份相見。月上也有山，山嶺最高的約二萬六千尺至一萬七千尺；如阿奔那尼（Apennines）一山，壁立雄峻的奇峰竟有三千多個。它的本體原是黑暗的，只是反射太陽的光以爲光。太陽照着的部份全向地球的時候，看去很圓，這叫做“望”。太陽不照着的全黑的部份向着地球的時候，叫做“晦”。太陽照着的和没有照着的各有一部份向着地球的時候，叫做“弦”。

（二）窗外好像水國，近的屋，遠的山，都用不很明白的輪廓，畫在空中。屋角樹林的下面，暈着神秘的色光。熄燈以後，月光闖入室内，在牀上鋪着一條青黄色的光帶。夜静了，不知哪裡來的嗚咽幽揚的笛聲，還隱約地在枕上聽得。

上面的第一篇，讀了雖然可以得到關於月的狀態和性質的知識，卻不能感到月色的美感和月夜的情趣；這便是科學的記事文。第二篇，卻恰好相反，只能給讀者以月色的美感和月夜的情趣，至於月的性質和狀態，卻一點不曾寫到；這是文學的記事文。

作文學的記事文須觀察經驗，和對於材料選擇和整理，與作科學的記事文一樣。除了這些條件以外，還須特別注意下列各項：

(1) 想像　因爲文學的記事文，是表現作者所得的印象，所以在記述事物以前，必須將要表現的印象重現於心中，然後執筆。

即如前例關於"月"的文字，內中都是作者曾經目見過的光景，不是憑空假造的。在作這文時，只是將舊有的印象一一在心中再現，然後依樣記述。作這類的文字務必依自己所感受的記述，不可依賴成語來堆砌，如說到月，不可便用些"月白風清"、"月明星稀"之類的話。這是第一步功夫，也是最難的事；但惟其難能，所以可貴，能夠做到，就不愧爲作家了。

(2) 注意特色　作文學的記事文，雖然要依作者自己所感受的記述，但局部的瑣碎記述，不但不能使光景活現，並且不能使人得到所記述的事物的深刻的印象；所以必須捉住特色，捨棄其餘，任讀者自己補足。例如記述人物，把他的眉毛、眼睛、鼻頭都記上幾百字，分裂、瑣碎，令人看了就要莫名其妙，不能使所記的人物的狀貌在讀者心中活現了。現從小說中找幾條例來看：

第一個肌膚微豐，身材合中；腮凝新荔，鼻膩鵝脂；

溫柔沉默，觀之可親。第二個，削肩細腰，長挑身材，鵝蛋臉兒，俊眼修眉，顧盼神飛，文采精華，見之忘俗。

——《紅樓夢》第三回

這馬兵都頭姓朱名仝，身長八尺四五，有一部虎鬚髯，長一尺五寸，面如重棗，目若朗星，似關雲長模樣，滿縣人都稱他美髯公。……那步兵都頭姓雷名橫，身長七尺五寸，紫棠色面皮，有一部扇圈鬍鬚，爲他膂力過人，跳二三丈闊澗，滿縣人都稱他做插翅虎。

——《水滸》第十二回

她身材不甚高大，胸脯十分豐滿……臉顯得特别的白，這種樣子真和久居家中閉户不出的人的臉色相同，彷彿番薯深藏地窖裡所變成的顏色一般。她雙手十分闊，却不很大；頭頸從大衣領裡透出來，顯得又白又胖。在她那雪白光澤的臉上一雙又黑又亮的眼睛不住的閃動，眼神雖然顯出十分疲乏的樣子，却還有活潑氣象，内中有一隻眼睛略爲斜一點。

——《復活》第一章

這三個例，第一二個雖是舊式的描寫法，但寥寥數言中，卻能表出迎春和探春、朱仝和雷橫的狀貌。第三個，也足以表現一個墮落了而久居監獄的女子的神氣。所以能夠這樣，就是捕捉了特色的緣故。

（3）抒述心情　要使所記述的事物在讀者心中活躍，不但須記述客觀的事物，還須記述主觀的心情。換句話說，就是須記述從感覺上得來的印象。所以要作好的文字，非對於事物有銳敏的感覺不可。例如：

> 夏天的太陽已經下了山；跟着就要睡去的樹林中，滿了森然的寂寞；建築用的大松的樹梢上，反映着就快燒完的晚紅，還帶着些紅光，下面却已經薄暗，帶着些濕氣了。好像從樹林蒸發出來的又乾又觸鼻的香氣，微微地可以聞得。從遠山野火飄來可厭的煙氣，夾雜在香氣中，却分外地强烈，柔軟的夜，不知在什麼時候無聲無響地落到地上了。鳥到太陽没落，也停止了聲音，惟有啄木鳥還用了很倦怠的音調，在那裡發夢囈似的單調的微音。
>
> ——《泥沼》

讀了這段文章，那夏日傍晚松林中的一種蒸郁寂寞的景象，好像目見身歷了。感覺在近代文學上有重要的地位，文字上能加入感覺，就有生氣。與其説，“寒風吹着面孔”，不如説，“寒風刀刮似地吹着面孔”；與其説，“麥被風吹動”，不如説，“麥被風吹得浪一般地搖動”。因爲後者比前者有生氣，容易使讀者得着印象。我國從來的文章都只記事物，不記情感，實是很大的缺點。

這裡所應當注意的，就是所記述的感覺並不是故意加入的事。作者對於事物果能精密地觀察，對於記述果能誠實不欺，心情和感覺自然會流露於筆端。如果只是將這一類的辭硬加上去，不但不好，而且可厭。舊式文章中，凡記述風景的時候，末尾常附加“誠勝地也”或“嗚呼歎觀止矣”之類的文句，記述悲慘的人事的時候，末尾必加“嗚呼可以風矣”或“噫不亦悲夫”一類的文句。其實，是否“勝地”，能否算得“觀止”，“可風”、“不可風”，“堪悲”、“不堪悲”，都要讀者自己去領略的，不能由作者硬用主觀的意見做命令式的强迫。因此這方法現在已不適用，特別在純文學上不能適用。

（4）使用含着動作的詞句　含着動作的詞句，比較地容易引起讀者的印象。例如：與其說，“門前有小河，隔岸有高山”，不如說，“門前流着小河，隔岸聳着高山”；與其說，“海邊有鶴”，不如說，“海邊有鶴飛過”。

不但這樣，凡要表示事物，必須在事物有動作的時候，不可在它靜止的時候。例如記述學校，必須記它授課或散課的時候；記述城市，必須揀它人馬雜沓的時候；記述人物，必須在他言語動作的時候。例如：

> 大學生緩緩地懶懶地走着，將手掠着大麥的頂，叫天子和冠雀在他脚邊飛起，又像石子一般地落在密生的大麥叢裡。
>
> ——《誘惑》

> 太陽光正攻擊着樹林，從繁茂的頂葉上穿過，直用那温和的光亮射在白楊的樹幹上，竟使這些樹幹變成松樹的幹子一般，樹葉也都變成藍色。上面籠罩着藍白的天，晚霞照着，帶了點胭脂的顏色，燕兒高高的飛着，風兒幾乎死去了；怠惰的蜜蜂懶洋洋睡沉沉在丁香花上飛着；白蚋蟲成羣的在單獨的遠延的樹枝上打着旋。
>
> ——《父與子》

〔練習〕就下列各題作短文：

（1）春的田野

（2）元旦的上午

（3）秋的傍晚

第三章　敘事文

第一節　敘事文的意義

記述人和物的動作、變化，或事實的推移的現象的文字，稱爲敘事文。例如：

寶釵與黛玉回至園中。寶釵因約黛玉往藕香榭去，黛玉因説還要洗澡，便各自散了。

——《紅樓夢》第三十六回

（人的動作）

汽笛曼聲的叫了。汽船畫圓周，緩緩的靠近埠頭去。

——《省會》

（物的變化）

敘事文原和記事文一樣，同是記述事物的文字；不過記事文以記述事物的狀態、性質、效用爲主；而敘事文以記述事物的動作、變化爲主。所以記事文是靜的，空間的；敘事文是動的，時間的。例如：

（一）牽牛花有紅的，紫的，顏色雖很美觀，但少實用。

這是述說牽牛花的形狀和性質的，是記事文。

（二）院裡的牽牛花，紅的，紫的，都很鮮艷地開了。

這是述說牽牛花的變化的，是敘事文。

第二節　記事文和敘事文的混合

文體的分類原只是爲說明便利和作者自身態度不同，實際上並沒有純粹屬於某種體裁的文字，記事文和敘事文雖因所記述的對象不同而有區別，在一篇關於事物的記述的文字中，總是互相混雜的。例如：“今天開了三朵牽牛花（敘事），一朵是紅的，兩朵是藍的（記事）。”如果改成“今天一朵紅的和兩朵藍的牽牛花開了”，便是純粹的敘事文（甲）；又若改爲“今天開的三朵牽牛花，一朵是紅的，兩朵是藍的”，就是純粹的記事文了（乙）。因爲（甲）的目的在使讀者知道牽牛花的變化，而（乙）的目的在使讀者知道牽牛花的狀態。

總之敘事文和記事文，只是作者依旨趣和記述的對象不同，試將下例玩味其記敘混合的樣子，就可更明白了。

翌晨，瑪爾可負了衣包，身體前屈着，跛着脚，彳亍入杜克曼布（敘）。這市在阿根廷共和國的新闢地中算是繁盛的都會（記），瑪爾可看去，仍像是回到了可特準、洛賽留、培諾斯愛列斯一樣（敘）。依舊都是長而且直的街道，低而白色的家屋。奇異高大的植物，芳香的空氣，奇觀的光綫，澄碧的天空，隨處所見，都是意大利所沒有的景物（記）。進了街市，那在培諾斯愛列斯曾經驗過狂也似的感想，重行襲來。每過一家，總要向門口張望，以爲或可以見到母親。逢到女人，也總要仰視一會，以爲或者就是母親。要想詢問別人，可是没有勇氣大着膽子叫喚。在門口立着的人們都驚異地向着這衣裝襤褸滿身塵垢的少年注視。少年想在其中找尋一個親切的人，發他從胸中轟着的問話。正行走時，忽然見有一旅店（叙），招牌上寫有意大利人的姓名。裡面有個戴眼鏡的男子和兩個女人（記）。瑪爾可徐徐地走近門口，振起了全勇氣問："美貴耐治先生的家在什麼地方？"（叙）

——《愛的教育·六千哩尋母》

〔練習〕試將下文的叙事和記事的部份分析出來：

伊的避暑莊邊有一個小小的丘樣的土堆，汽船在這前面經過。每逢好天氣，伊便走到那裡，白裝束，披着長的捲螺髮，頭上戴一頂優美的夏帽子。伊躺在丘上面，用肘彎支拄起來，將衣服安排好許多的襞積，捲螺髮的小圍子在肩膀周圍發着光，而且那一隻手，那支着臉的，是耀眼的白。在自己前面伊攤着一本翻開的書；但眼光並不在這裡，却狂熱的射在水面上。伊這樣的等着伊的豪富的高貴的新郎，伊的幻想的目的。只要他在船上，他便應該看出伊在山上的了。他們看見而且感動而且趕到伊這裡來，那只是一眨眼間的事。

——《瘋姑娘》

第三節　叙事文的要素

照物理學的說法，一切的現象都含有四個要素：物質、能力、時間、空間。譬如“今天上午八點四十分火車從江灣開出”這一個現象，“火車”是物質，“開出”是能力的作用，“今天上午八點四十分”是時間，“江灣”是地方。叙事文既是記述現象的，所以也有四個要素：（一）現象的主體，（二）現象的演變，（三）現象發生的時間，（四）現象發生的場所。例如：

> 那日正當三月中浣，早飯後，寶玉携了一套《會真記》，走到沁芳閘橋那邊桃花底下一塊石頭上坐着，展開《會真記》從頭細看。正看到“落紅成陣”，只見一陣風過，樹上桃花吹下一大斗來，落得滿身滿書滿地皆是花片。寶玉要抖將下來，恐怕脚步踏踐了；只得兜了花瓣來至池邊，抖在池内。那花瓣浮在水面，飄飄蕩蕩竟流出沁芳閘去了。回來，只見地下還有許多花瓣。
>
> ——《紅樓夢》第二十三回

這一段叙事文雖然很短，所有的要素都完全了；分列如下：

（一）主體　寶玉。
（二）事實　看《會真記》，收拾落花。
（三）時間　三月中浣某日早飯後。
（四）場所　沁芳閘橋。

第四節　叙事文的主想

叙事文和記事文一樣，對於材料須有所選擇。選擇的標準，除記事文所説的“適切題目”和“注意特色”以外，還因文的目的而定。這個目的在敘事文中就是主想，大體有三類：

（一）以授與教訓爲主　例如傳記等。

（二）以授與知識爲主　例如歷史等。

（三）以授與趣味爲主　例如小説等。

因了主想的不同，材料選擇取捨的標準也就不一樣。即如要敘述岳飛的事跡，作第一類的敘事文，應當對於他的家教、性行、軼事、格言等詳加敘述，而於他的生卒年月、生的地方、官職、戰功等卻用不着詳説。作第二類的敘事文卻恰好相反，生卒年月等應當詳盡，家教、軼事等只得省略。至於作第三類的敘事文，不但材料的選擇不同，並且敘述的方法也就相異。《少年叢書》中的岳飛是第一類敘法，《宋史》中的岳飛是第二類敘法，《説岳傳》中的岳飛是第三類敘法。總括一句，第一類以善爲主，第二類以真爲主，第三類以美爲主。

自然，這種分類不過是就概括的旨趣説，同一文字有兼兩種色彩，或竟兼三種色彩的，不過多少總有所偏重；這偏重的地方，便是一篇文字重要的目的，也就是主想。

作敘事文的時候，材料蒐集好了，就要確定主想。主想一定，然後將材料依主想來選擇，與主想有關係的便取，無關係的就捨。但有一點須注意，就是同一材料應當取捨，不是材料本身的重要與否的問題，而是與主想的關係重要與否的問題。

例如以《夏日遊海邊記》爲題，而主想是“這日很熱，到了海邊真涼快”，假定全體材料中有下列各項：

（一）同行某君，他的父親是個文學家。

（二）我坐了人力車到火車站。

（三）在車站買了車票，然後上車。

（四）火車逢站都停。

就一般的情形說，這種材料本身實不很重要，而於本文的主想的關係也不深，但如果還有別的材料相關連，因而發生重要關係的時候，卻就都有用了。如文章像下面的時候，這種材料就用得着。

因爲太熱，並且我是病後，所以坐了人力車到車站（二）。好像我的車慢了，到車站的時候，車已要開，我就急忙買了車票，飛跑上車（三）。這部是慢車，每站都停，車中又熱，煩躁極了（四）。同行某君是某文學家的兒子，很有文學趣味，一路和他談論文學上的事，免了不少的寂寞（一）。

這樣的敘述，所有好像不必要的材料都因了別的材料引到與主想關係重要的地位，就成爲有用的了。反之如海邊的人口若干，海邊的故事、古跡等等，如無別的關連，就不是重要的材料。

〔練習〕就下列各題作文：

（1）遊西湖記

（2）諸葛亮　（參考《少年叢書》、《平民小叢書》等）

第五節　敘事文的觀察點

敘事文所敘述的材料，不但是從作者自己經驗得來，還有從別人的傳說或書籍的記載得來的。材料的來處既然不一，或從甲面說，或從乙面說，當然不能一致。將許多材料連綴成文的時候如果也這樣混亂，文章就有頭緒不清、不易了解的毛病。即以《三國志》一書而論，關於諸葛亮伐魏的事，有時說“丞相出師”，有時說“諸葛亮入寇”，就各段分開來看，固然没有什麼不合的地方。但就作者陳壽一個人的筆下而論，一個是以蜀爲主體，一個是以魏爲主體，居然有兩樣的觀察點，就未免不當了。叙事文的觀察點，就是作者所站的地位，可分爲三種。

（一）居於發動者一邊　例如說“丞相出師”，就是以發動者的蜀爲觀察點的。

（二）居於受動者一邊　例如說“諸葛亮入寇”，就是以受動者的魏爲觀察點的。

（三）居於旁觀者一邊　例如說“諸葛亮出師略魏”，就是以旁觀者的地位爲觀察點的。

作叙事文須確定一種的觀察點，全篇統一，不應搖動。通常的叙事文，以居於旁觀者的地位的居多。但在旁觀者的地位，作者對於各方面也要保持觀察點的一致，不可隨意變更。（例一）

楊幺乘舟湖中，兵在樓上發矢石（1），官軍仰面攻之，見舟而不見人，因而失敗。岳飛下令伐君山的樹爲巨筏，塞滿港汊，又用腐木亂草由上流放下，佈置穩當，才和楊幺開戰（2）。楊幺船遇了草木，輪不能鼓動，賊奔走港中，又被木筏所拒，因被牛皋捉着，諸賊皆降（3），果然八日就打平了（4）。

——《平民小叢書·岳飛》

這段本是以旁觀的地位來記述的，卻是觀察點變了幾次，(1) 從楊幺方面，(2) 從岳飛方面，(3) 再從楊幺方面，(4) 又從岳飛方面，逐條錯亂，文字使人覺得繁雜不堪。若以楊幺方面爲主改成下面的（一），或以岳飛方面爲主改成下面的（二），那麼文氣就一致了。

> （一）楊幺乘舟湖中，兵在樓上發矢石，使官軍仰面來攻，見舟不見人，因而致勝。後來又和岳飛打仗，戰船遇了岳飛從上流放下來的腐木亂草，輪不能鼓動；奔走港中，又被岳飛伐君山的樹所作的巨筏所拒，就被牛臯捉着，部下皆降。
>
> （二）官軍因楊幺乘舟湖中，兵在樓上發矢石，仰面攻之，見舟而不見人，乃失敗。岳飛下令伐君山的樹爲巨筏，塞滿港汊，又用腐木亂草由上流放下，佈置妥當，才和楊幺開戰。草木既遇楊幺的船，使輪不能鼓動，逼之奔港中。而木筏又拒不令進。牛臯就將楊幺捉着，並招降諸賊。果然八日就打平了。

（例二）

> 紫鵑在屋裡，不見寶玉言語，知他素有癡病，恐怕一時實在搶白了他，勾起他的舊病，倒也不好了；因站起來，細聽了一聽，又問道："是走了還是傻站着呢？有什麼又不說？盡着在這裡嘔人！已經嘔死了一個，難道還要嘔死一個麼！這是何苦呢？"說着，也從寶玉舐破之處往外一張。見寶玉在那裡獃聽，紫鵑不便再說，回身剪了剪燭花。忽聽寶玉歎了一聲道："紫鵑姐姐！你從來不是這樣鐵心石

腸，怎麽近來連一句好好兒的話都不和我說了？我固然是個濁物，不配你們理我；但只我有什麽不是，只望姐姐說明了，哪怕姐姐一輩子不理我，我死了倒做個明白鬼呀！”紫鵑聽了，冷笑道：“二爺就是這個話呀！還有什麽？若就是這個話呢，我們姑娘在時，我也跟着聽熟了；若是我們有什麽不好處呢？我是太太派來的，二爺倒是回太太去。左右我是丫頭們，更算不得什麽了！”說到這裡，那聲兒便哽咽起來，說着，又醒鼻涕。寶玉在外知他傷心哭了，便急的跺脚道：“這是怎麽說？我的事情。你在這裡幾個月，還有什麽不知道的？就是别人不肯替我告訴你，難道你還不叫我說，教我憋死了不成！”說着，也嗚咽起來了。

——《紅樓夢》第一百十三回

這文中，除末了“寶玉在外，知他傷心哭了，便急的跺腳道：‘這是怎麼說？……’說着，也嗚咽起來了”一段外，都是從紫鵑方面說的。如果把這段改爲：“只聽得寶玉在外，好像知他傷心哭了，急的跺腳道：‘這是怎麼說……’說着，也嗚咽起來了。”那就全體都是從紫鵑方面叙述了。

（例三）

從前阿拉伯地方，有一個養駱駝人家的兒子，名叫亞利，因爲有要事要和他在斯哀治的父親接頭，騎了駱駝，帶了水瓶，附隊商出發。一路上隊商彼此談談說說，亞利却只有自己的駱駝和他做朋友。他恨不得就看見他的父親。

熱帶的太陽，火一樣地照着沙漠。遇着難得的有樹木和泉水的地方，大家就在此休息，解渴，再把水裝滿了水瓶，然後出發。夜了就在帳篷中住宿。

這樣到了第四日，正午忽然起了大風，把砂吹得滿天，走不來路，大家只得中止進行。後來風息了，砂也不飛了，却是出了一樁極大的困難，原來以前是依着駱駝的足跡走的，經過大風以後，駱駝的足跡如數消滅，方向也認不清楚，大家走來走去，總是找不出路來。這時候水瓶中的水已經完了，没法再得水，大家都弄得没有方法了（以上是從亞利一面説的）。

天夜了，隊商中一人説："如果明日還不能尋得有水的地方，那麼只有把駱駝來殺掉一匹，吃牠肚裡的水了。"别一個見亞利奔波以後倦睡了，便説："與其殺别個的駱駝，還是殺那小兒亞利的吧。"這樣二人在那裡商量（觀察點轉到隊商方向去了）。

亞利倦睡中，聽見有人説他的名氏，便仍裝了睡着的樣子細聽。聽得二人在那裡商量要殺他的駱駝，大驚，他想："如果與他們同伴，駱駝就要被他們殺死。"不能再猶豫了，等到他們睡熟，就偷偷地把駱駝牽出，騎着逃了。

天上照耀着無數的星。亞利因他叔父的平常指示，略曉得關於星辰的事情，大略地知道何星在南，何星在北，他憑着了他這點的知識，定了一個方向，鞭着駱駝前進。

在這樣試探方向的當中，天漸漸地亮了；忽見砂上有駱駝新行過的足跡。亞利得了這駱駝足跡的幫助，一直向南走，到了傍晚，隱約地看見前面有火光，急上去看，見有一羣隊商，在那裡張幕野宿，亞利即從駱駝跳下，和他們講自己受困的情形，請求他們和他同伴（觀察點又轉到亞利方面來了）。隊商聽了亞利的告白，大家都感動起來，允了亞利的要求（觀察點轉到隊商方面去了）。在斯哀治的父親，早幾天就曉得亞利要來，等得不耐煩起來了，恰好有還鄉的朋友，就同伴回來，想在路上碰見亞利（觀察點轉到亞利父親方面去了）。

亞利得了新同伴，就安了心，忽然聽得許多駱駝的足音，見又有一羣旅客從南方來了。這羣旅客之中，有一個就是他的父親，亞利意外地得着父子相遇，不覺悲喜交集了！

亞利和父親無恙歸家，把路上一切始末，詳告他的母親（觀察點又轉到亞利方面來了）。

亞利的母親自從送亞利出門以後，心中懷着各種的憂慮，聽了亞利的話就很歡喜，稱讚亞利的勇氣（觀察點轉到亞利的母親方面去了）。

這篇文字，觀察點變動了好幾次，如果要專從亞利方面說，那末第四段以後的文字應該改作如下：

天夜了，亞利奔波以後，正倦睡着，忽然從睡夢中聽見同伴隊商的話聲，一人說："如果明日還不能尋得有水的地方。那麼只有把駱駝來殺掉一匹，吃牠肚裡的水了。"又一人說："與其殺別個的駱駝，還是殺那小兒亞利的吧。"

亞利聽了這一番話，心裡想道："如果與他們同伴，駱駝就要被他們殺死，不能再猶豫了！"於是等到他們睡熟時候，就偷偷地把駱駝牽出騎着逃了。

天上照耀着無數的星，亞利因他叔父平日的指示，略曉得關於星辰的事情，大略地知道何星在南，何星在北，他憑着了他這點的知識，定了一個方向，鞭着駱駝前進。

在這樣試探方向的當中，天漸漸地亮了，忽見砂上有駱駝新行過的足跡，亞利得了這駱駝足跡的幫助，一直向南走；到了傍晚，隱約地看見前面有火光，急上去看，見有一羣隊商，正在那裡張幕野宿。亞利急從駱駝跳下，和他們講自己受困的情形，請求他們和他同伴。亞利的告白很感動了隊商，他的請求也被他們許可了。

亞利得了新同伴，正安着心，忽然聽得許多駱駝的足音，見有一羣旅客從南方來了。這羣旅客之中，不料有一個就是他的父親，後來曉得他父親在斯哀治早知亞利要來，等得不耐煩起來了，恰好有還鄉的朋友，就同伴回來，想在路上碰見亞利的。亞利意外地得着父子相遇，不覺悲喜交集了。

亞利和父親無恙歸家，把路上一切始末，詳告他的母親，他的勇氣大被母親稱讚。

這樣改作以後，觀察點一致，文字就一氣，不犯繁滯的毛病了。叙事文原是把事件來展開使人看的，性質好像戲曲。觀察點的變動，就是戲曲中幕的更動，戲曲中幕不應多變，叙事文的觀察點也不應多變。

叙事文因觀察點不同，對於同一材料，可作成各方面的文字。這步功夫，在學作叙事文上很是重要。有這樣功夫的作者，對於一件事就能理解要從哪方面叙述才省事。

〔練習〕下面的例，是以旁觀者的態度作的文字。試置觀察點於裁判官方面，把它改作成一篇裁判官寫給朋友的信。

有一位富人，向朋友討債。這位朋友説並不曾借錢，想把債賴了。富人不得已，訴諸法庭。裁判官問原告：“你在何處借錢給他？”原告回答説：“在某處大樹下。”裁判官説：“那麼要叫大樹來做證人了。”就命法吏執行召喚證人的手續。停了一會，裁判官對着錶，獨自説：“證人就快來了。”這時被告不覺自語道：“從這裡到那棵大樹，有六七里路，恐怕没有這樣快吧！”裁判官聽了這話，就説：“你曉得大樹所在的地方，這就是你曾經受過錢的證據。”於是把這案判決如下：

“被告曾經向原告借錢，已自身證明，因此，被告應該把錢還給原告。”

第六節　觀察點的變動

照前節所説，叙事文的觀察點不應變更，使文氣一致而不散漫、冗繁。但這只是一般的原則，在長篇的或複雜的叙事文，要將各方面的情形都表現得適當，卻不得不變動。大概，事實的間接叙述比直接叙述不易生動，所以在兩件或多件事實有相同的重要，而只從一個觀察點出發要將各方面都表現出來又非常困難時，觀察點就不得不變動了。例如：

親家再三不肯，王玉輝執意，一徑來到家裡，把這話對老孺人説了。老孺人道：“你怎的越老越獃了！一個女兒要死，你該勸他，怎樣倒叫他死？這是什麼話説！”王玉輝道：“這樣死，你們是不曉得的。”老孺人聽見，痛哭流涕，連忙叫了轎子去勸女兒了。

王玉輝在家依舊看書寫字，候女兒的消息。

老孺人勸女兒，哪裡勸得轉，一般每日梳洗，陪着母親坐，只是茶飯全然不吃。母親和婆婆着實勸着，千方百計，總不肯吃，餓到六天上，不能起牀。母親看着傷心慘目，痛入心脾，也就痛倒了，抬了回來，在家裡睡着。又過了三日，二更天氣，幾個火把，幾個人來打門，報道："三姑娘餓了八日，在今日午時去世了!"

——《儒林外史》第四十八回

這段文的目的，雖是在寫出一個中了禮教的毒的人爲虛榮忍心看着自己的女兒餓死；但王玉輝、老孺人，和他們的女兒三個人的情況，都同樣重要。並且，假定從王玉輝一方面敘述，那麼老孺人勸女兒和女兒未死前的各種事情都無從表現，或難於表現；就是從別一方面敘述，也同樣地不能周到。在這種時候，觀察點雖變動了好幾處，也是應當的。

敘述一件事，哪幾方面的關係重要，以及哪些應當表現，哪些不應當表現，全依事件的性質，由作者自己的意見去判斷，没有一個簡明的標準。凡是有剪裁功夫的作者，當然能夠得到這種標準的。上面所舉的例，也可以說是有剪裁功夫的。

第七節　敘事文的流動

敘事文的對象是事物的現象的展開，這展開的情形被敘述成文字的時候，就成了文字上的流動。現象的展開不止，文字的流動也就仍然繼續，所以流動是敘事文的特色。

一件事的展開雖有一定的速度，但敘述這件事的文字，它的流動卻有快慢。將事件展開的情況綿密地敘述，把事件中各方面詳細地描寫的，是慢的敘事文，只述事件的概要，和其中各方面的大意的，是快的敘事文。例如：

宋江起身淨了手，柴進喚一個莊客，提碗燈籠，引領宋江東廊盡頭處去淨手，便道："我且躲杯酒。"大寬轉穿出前面廊下來，俄延走着。却轉到東廊前面，宋江已有八分酒，脚步趄了，只顧踏去。那廊下有一個大漢，因害瘧疾，當不住那寒冷，把一鍁火在那裡向。宋江仰着臉，只顧踏將去，正跐在火鍁柄上；把那火鍁裡的炭火都掀在那漢臉上。那漢吃了一驚，驚出一身汗來。那漢氣將起來，把宋江劈胸揪住，大喝道："這是什麼鳥人！敢來消遣我？"宋江也吃一驚，正分說不得，那個提燈籠的莊客慌忙叫道："不得無禮——這位是大官人最相待的客官！"那漢道："'客官'，我初來時也是客官！也曾最相待過！如今却聽莊客搬口，便疏慢了我，正是'人無千日好！'"却待要打宋江，那莊客撇了燈籠，便向前來勸。正勸不開，只見兩三碗燈籠飛也似來，柴大官人親趕到說："我接不着押司，如何却在這裡鬧？"那莊客便把跐了火鍁的事說了一遍。柴進笑道："大漢，你不認得這位奢遮的押司？"那漢道："奢遮殺，問他敢比得我鄆城宋押司，他可能？"柴進大笑道："大漢，你認得宋押司不？"那漢道："我雖不曾認得，江湖上久聞他是個及時雨宋公明——是個天下聞名的好漢！"柴進問道："如何見得他是天下聞名的好漢？"那漢道："却才說不了，他便是真大丈夫，有頭有尾，有始有終！我如今只等病好時，便去投奔他。"柴進道："你要見他麼？"那漢道："不要見他說甚的？"柴進道："大漢，遠便十萬八千里，近便只在面前。”柴進指着宋江便道：“此位便是及時雨宋公明。”那漢道：“真個也不是？”宋江道：“小可便是宋江。”那漢定睛看了看，納頭便拜，說道：“我不信今日早與兄長相見！”宋江道：“何故如此錯愛？”那漢道：“却才甚是無禮，萬望恕罪，有眼不識泰山！”跪在地下哪裡肯起來？宋江忙扶住道：“足下高姓大名？”

——《水滸》第二十一回

這是慢的叙事文。

宋江因躲一杯酒，去淨手了，轉出廊下來，跐了火鍁柄，引得那漢焦躁，跳將起來，就欲要打宋江。柴進趕將出來，偶叫起宋押司；因此露出姓名來。那大漢聽得是宋江，跪在地下哪裡肯起？說道：“小人有眼不識泰山，一時冒瀆兄長，望乞恕罪。”宋江扶起那漢問道：“足下是誰？高姓大名。”

——《水滸》第二十二回

這段所叙的事實和前段相同，只是簡單得多，這是快的叙事文。

快的叙事文，以叙述事件的輪廓爲目的；慢的叙事文，以叙述事件的情況爲目的。兩者的分别，正和中國畫的寫意畫和工筆畫相同。大體説來，小説屬於慢的一類，歷史屬於快的一類。莎翁的劇本是慢的，蘭姆兄妹所作的《莎翁樂府本事》就快了。《三國志》是快的，《三國演義》就慢了。

第八節　叙事文流動的中止

叙事文的特色既然在流動，所以不但這流動須快慢適當，還須慎防中止。所謂流動中止，就是由時間的、動的叙事文，突然轉到冗長的、空間的、靜的記事文；或插入說明，使動態一時停滯。

(例一)

> 原來王夫人時常居坐讌息亦不在這正室，只在東邊的三間耳房內，於是老媽媽引黛玉進東房來。臨窗大炕上鋪着猩紅洋毯，正面設着大紅金綫蟒引枕，秋香色金綫蟒大條褥。兩邊設一對梅花式洋漆小几；左邊几上文王鼎，匙，箸，香盒，右邊几上，汝窑美觚，内插着時鮮花卉，並茗碗，茶具等物。地面下，西一溜四張椅子上都搭着銀紅撒花椅袱，底下四副脚踏；兩邊又有一對高几，幾個茗碗花瓶俱備；其餘陳設，不必細說。
>
> ——《紅樓夢》第三回

這段文中，除了第一句是叙事文以外，流動全然中止，以後都成了王夫人房中的記事文。若非把這一大節叙上不可，應當將所記的情況都改成由黛玉眼中看出的，而將末了“其餘陳設，不必細說”的話删去，那麼流動就没有停滯了。

(例二)

> 蔣門神見了武松心裡先欺他醉，只顧趕將入來。說時遲，那時快；武松先把兩個拳頭去蔣門神臉上虛影一影，忽然轉身便走。蔣門神大怒搶將來，被武松一飛脚踢起，踢中蔣門神小腹上，雙手按了，便蹲下去。武松一踅，踅將過來，那隻右脚早踢起，直飛在蔣門神額角上，踢着正中，望後便倒。武松追入一步，踏住胸脯，提起這醋鉢兒

大小拳頭，望蔣門神頭上便打，（原來説過的，打蔣門神撲手：先把拳頭虛影一影，便轉身，却先飛起左脚；踢中了，便轉過來，再飛起右脚；這一撲有名，喚做"玉環步，鴛鴦脚"。——這是武松平生的真才實學，非同小可！）打得蔣門神在地下叫饒。

——《水滸》第二十八回

這段文中，括弧内的話都是作者所加的解釋，這種説明加到叙事文中，也是使流動停滯的原因，若删去了，流動便連續不斷，極有生趣。

第九節　叙事文流動的順逆

叙事文是把事物的變化來展開的，所以流動的方向也有兩種：第一種，照那變化自然的順序，依次叙述，這是順的；第二種，因爲要叙明變化的前因後果，或並行的事件，不能全然依照自然的順序而要有所顛倒，這是逆的。例如：

天氣很冷，天下雪，又快要黑了，已經是晚上——是一年最末的晚上。在這寒冷陰暗中間，一個可憐的女孩光着頭，赤着脚，在街上走。伊從自己家裡出來的時候，原是穿着鞋，但這有什麼用呢？那是很大的鞋，伊的母親一直穿到現在，鞋就有那麼大。這小女孩見路上兩輛馬車飛奔過來；慌忙跑到對面時鞋都失掉了。一隻是再也尋不着，一個孩子抓起那一隻，也拿了逃走了。他説：將來他自己有了小孩，可以當作搖籃用的。所以現在女孩只赤着脚走，那脚已經凍得全然發紅發青了。在舊圍巾裡面，伊兜着許多火柴，手裡也拿着一把，整日没有一個人買過伊一點東西，也没有人給伊一個錢。

——《賣火柴的女孩》

今年鹽政點得是林如海。這林如海姓林名海，表字如海，乃是前科的探花；今已陞蘭台寺大夫，本貫姑蘇人氏；今點爲巡鹽御史，到任未久。原來林如海之祖曾襲過列侯，今到如海，業經五世。起初只襲三世，因當今隆恩聖德，額外加恩，至如海之父又襲一代，至如海便從科甲出身。

——《紅樓夢》第二回

這兩例中有好幾處是逆行的。逆行雖有不得不用的時候，初學的人卻宜注意，大概在普通的叙事文是用不到的。

〔練習〕

(1) 試將讀過的叙事文，舉兩個觀察點變動的例。

(2) 試將讀過的慢的叙事文舉出一篇改成快的。

第四章　説明文

第一節　説明文的意義

解説事物，剖釋事理，闡明意象；以便使人得到關於事物、事理或意象的知識的文字，稱爲説明文。例如：

一旁是字的形，一旁是字的聲，所以叫做形聲。

——《中國文化的根源和近代學問的發達》

科學的起源，不是偶然發見的，因爲人類是有理性的動物，有種種心理的根據，所以發生科學。

——《科學的起源和效果》

説明文的性質，有時好像和科學的記事文相同，有時又好像和叙事文類似；其實全不一樣。

説明文和科學的記事文有什麽區别呢？最重要的一點，就是對象的範圍不同。科學的記事文雖也是以記述事物的狀態、性質、效用爲主；但以特殊的範圍爲限，是比較具體的；説明文以普遍的範圍爲對象，是比較抽象的。如第二章第一節所舉的例，第一個是記述一枝梅花的狀態，第二個是記述屋内一部份的陳設，第三個是記述一個人的性質。範圍既狹，所記述的也比較具體，使人讀了自然可以就得到那些知識。但若要講到“植物”、“房屋的構造”和“人類的通性”等一般的事實，以及抽象的事理如“文學的意義”、“實驗主義”等，範圍就擴大得多，不是記事文所能勝任的了。

說明文和叙事文的分別比較容易。關於事實的說明，對象雖和叙事文相同，但形式全然相異。如“今天上午八點四十分火車從江灣開出”，是叙事文的形式；而“火車從江灣開到上海是在今天上午八點四十分”，便是說明文的形式。還有一個區別，叙事文可帶作者主觀的色彩，說明文卻不許可。

第二節　說明文的用途和題式

說明文本來是用較淺近明瞭易於理解的文字去解明事物或事理，使它的關係明瞭，範圍確定，意義清晰，給人以關於該事物或事理的普遍的正確的知識，所以用途很廣。教師的講義，科學的教科書，大半是說明文，固不必說；就是學術上的定義，字典上的解釋，古書上的註解，事實真象的傳達，凡足以使人得到明確的觀念和理解的，都要用到說明文。

說明文的題式通常有疑問式和直述式兩種：

（一）疑問式

（甲）書籍是什麼？　（乙）何謂文學？　（丙）科學怎樣起源的？

（二）直述式

(甲)書籍；　(乙)文學；　(丙)科學的起源。

在古文中還有用“説”字或“原”字加到題上的，如“士説”、“原君”之類；但文中多羼入議論，所以不能因題式而判斷文體。

第三節　説明文的條件

説明文最簡單的形式，就是單語的定義；複雜的説明文，無非是單語的定義的集合和它們的引申。先就單語的定義來討論。

例如，“人是有理性的動物”是規定“人”的意義的，就是用“有理性的動物”六個字合起來説明“人”的概念。在這六個字中，又可分成兩部份：一，“動物”；二，“有理性的”。“動物”是“人”所屬的類；“有理性的”是“人”在所屬的類中所具的特色，就是“人”和所屬的類中的其他的東西相差的地方，論理學上叫做種差。所以最簡單的説明文的形式是：

類＋種差

但説明文只是這樣簡單，通常不能就使人明瞭，非更詳盡不可。因爲説明文所説明的既不一定簡單，而又是對於未知某事物、某事理的人才有作的必要，所以作法上必須的條件便須加多，共有六個，分説如下：

(一)所屬的種類　爲了要使所説明的事物和其他關係較遠的事物分離，所以須述它所屬的種類；如要使“人”和植物、礦物等分離，就先説他是動物。又以“書籍”和“書信”

爲例：

(甲) 書籍是印刷物。

(乙) 書信通常是手寫的。

(二) 所具的特色　將所屬的種類雖已叙述而能使它和其他關係較遠的事物分離，但還要使它和關係較近的同屬於一類的分離，所以必須述它的特色；如要使"人"和一切別的動物分離，必須叙述他的特點——"有理性的"。

(甲) 書籍是預備永久保存，給多數人看的。

(乙) 書信是處理一時的事情，代談話用的。

(三) 所含的種類　因要內容明瞭，使人更易理解，而且理解的內容更充實，所以將事物所包含的種類叙述也是必要。但分類原須有一定的標準，所以叙述分類須將所用的標準同時叙出。

(甲) 書籍在版本上，有刻版的、鉛印的；在裝訂上，有洋裝的、中國裝的；在文字上，有洋文的、中文的；在內容上，有關於文學的、關於科學的、關於哲學的等等分別。

(乙) 書信因所述事件的關係人的多少，有公信和私信的分別。

(四) 顯明的實例　文字內將顯明的實例舉出，則愈加明瞭。

(甲) 英文教科書是洋文的，國語教科書是中文的……

(乙) 例如學校通知書和致全體同學書，是公信，問候某君的信是私信。

（五）對稱和疑似　單從事物的本身直述，往往不易明瞭；所以若將對稱的，即同屬於一類而不是同種的，或疑似的，即好像同種而實不同的事物對照述說，更可使該事物明白顯出。學術上的名詞大概有對稱的，通俗的事物多半有疑似的。

植物是生物中不屬於動物的一部份。（對稱）

習字紙也是用筆寫的，但不以代談話爲目的，所以不是書信。（疑似）

（六）語義的限定　語義因使用而多分歧，作説明文時，如果遇到容易誤解的時候——如古語新用之類——非特別加以限定不可。例如：

共和是國家主權在全體人民，行政首長也由人民選出的一種國體，不是周召共和的共和。

上述各項，是説明作文法上的要件，現在以“文學”爲題應用各要件，示範如下：

文學是一種藝術（一），換句話説，就是以文字做成的藝術（二）。純粹的文學通常不以日用爲目的（五），因體裁上有小説，詩歌，戲曲等分別（三）。《紅樓夢》是小説，《長恨歌》是詩歌，《西廂記》是戲曲（四）。

文學不是普通的文字，也不是科學（六）。韓愈的《原道》，王船山的《讀通鑒論》等，不是文學，物理學講義，化學教科書等，也不是文學（四）。

我國古來，凡是文字都稱文學，但是現在的所謂文學完全是小說，詩歌，戲曲的總稱，和從前的意義是不同的（六）。

第四節　條件的省略

說明文原是爲未知某事物的人作的。在繁複的說明文，要正確、明晰，固應具備前節所述各條件，但遇某部份確已非常明瞭的時候，也可以省略。

（1）普通的省略　容易明瞭而不至誤解的事物，或只以使人知道一個概要的，都可以只說大概。例如：

> （甲）國家是人類社會組織之最大形體，包容一切社會生活。
>
> ——《新學制公民教科書》第一册第六章
>
> （乙）國家是人類爲滿足需要與趣而組織的團體，社會也是人類爲滿足需要與趣而組織的團體，目的大概相同。但是社會只有人與人的關係，和人所在的土地無關，所以社會成立不限定要佔據一定的疆土。人民如果没有一定的疆土，便不能成爲國家。
>
> ——《政治學大綱》第四章第三節

（甲）和（乙）同是關於國家的説明，（乙）是詳細、綿密的説法，（甲）是省略的説法。專門科學的文字都是（乙）類，通常的文字和口頭的談話以（甲）類爲多。

（2）因比較而省略　利用讀者所已知的事物，兩相比較以説明的時候，和已知事物相同的條件，就可省略，這是常用的省略法。例如：

> 星雲和一團雲差不多，微亮，掛在空中，極像一縷煙。
>
> 日本人民受軍閥的苦痛，也和我國一樣。

這是利用讀者已知的“雲”和“煙”來説明“星雲”，利用讀者已知的“我國軍閥的横暴”來説明日本的軍閥的。這種方法很有效用，所要注意的就是比擬要恰當，不然，一樣地容易引起誤解。

〔練習〕試依所講法則，就下題作説明文：

（1）偶像

（2）革命

（3）山

（4）學校

第五章　議論文

第一節　議論文的意義

發揮自己的主張，批評別人的意見，以使人承認爲目的的文字，稱爲議論文。

記事文是記述事物的狀態性質的，敘事文是敘述事物的變化的，議論文和它們截然不同，很是明顯，最易混同的就是說明文。

說明文關於剖釋事理的部份，和議論文很有容易混淆的地方。因爲對於一事的內容，真是說得極詳盡，那麼它的價值怎樣？我們對於它應持的態度怎樣？都可不言而喻，用不到再加議論了。例如：把“社會主義”的意義、功用、優劣等都說到詳盡無餘，那麼社會主義的可行不可行自然非常明瞭。又如：將“教育”的含義盡量發揮，那麼教育應該怎樣？人人應否受教育？也自然可以不必再說，就很明白。

照這樣說來，議論文和說明文不是沒有差別了嗎？這又不然，第一是目的不同。說明文的目的是在使人有所知，議論文不但要使人有所知，還要有所信。

第二是性質不同。試就兩者的題式看就可明瞭。說明文大概用單語爲題。如“社會主義”、“教育”之類。議論文則用一個命題爲題，如“社會主義可行於中國”、“教育爲立國的根本”之類。一般議論文的題目，雖也有只用單語的，如“男女同學論”、“孔子論”等，但不過是形式的省略，若從文章的內容去考察，便知仍是一命題。因爲文中不是主張“男女應當同學”，便是主張“男女不應當同學”，不是說“孔子之道已不適於中國”，就是說“孔子之道仍當遵從”。議論文的題目原是文章的根本主張的概括的縮寫，所以表面雖是單語，內容依然是命題。

第三是態度不同。說明文比較地偏於客觀的，所以雖有時因各人的見解不同，不能人人一致，也有敵論者，但作者並不預計的。議論文卻恰好相反，實際上雖未必就有人反對，作者心目中概假定有敵論者立在前面。因爲若一切都成了定論，和數學上的公式一樣，本來就無議論的必要了。“男女同學”所以還有議論的必要，正因有人主張也有人反對的緣故。

議論文雖和說明文不同，但議論文中用說明文的地方很多。因爲没有說明做基礎，判斷很不容易下，例如要主張“男女應當同學”，那麽教育的意義和男女的關係等，都非先加以說明不可。試就下例玩味一下就更可明瞭了。

> ……但是到了現在，關於女子和文學的觀念全然改變了。文學是人生的或一形式的實現，不是生活的附屬工具，用以教訓或消遣的；它以自己表現爲本體，以感染他人爲作用。它的效用以個人爲本位，以人類爲範圍。女人則爲人類一分子，有獨立的人格，不是別的什麽附屬物。我們

在身心狀態的區別上，承認有男子女子與兒童的三個世界，但在人類之前都是平等。與男女的成人世界不同的兒童，世間公認其一樣的有文學的需要，那麼在女子方面這種需要自然更是切要，因爲表現自己的與理解他人的情思，實在是人的社會生活的要素；在這一點上，文學正是唯一的修養了。

——《女子與文學》

第二節　命　題

斷定用言語或文字表示出來稱爲命題。議論文實際上就是對於所提出的命題所給的證明——有必要的時候，還加上相當的說明——所以命題是議論文的根本。命題是一個完全的句子（sentence），但一個完全的句子除了表明語句（indicative）外，疑問語句（interrogative），命令語句（imperative），願望語句（optative），驚歎語句（exclamatory）都不是命題，因爲所表示的都不是一個斷定，用不到證明。

命題從性質上說，有肯定和否定兩種。

（甲）競爭運動應該廢止——肯定命題

（乙）競爭運動不應該廢止——否定命題

在理論上只有這種形式的句子可以作爲議論文的題目，但實際上常有不照這樣直寫的，（甲）、（乙）二項，可有下列各種格式：

甲	競爭運動應該廢止 競爭運動廢止論 排競爭運動 論競爭運動	乙	競爭運動不應該廢止 競爭運動獎勵論 競爭運動應該保存 競爭運動的存廢

論題本應是一個命題，就是一個完全的表明語句，但題目除表示論文的主旨外，有時還含有刺激讀者的作用。所以如："女子不該參政嗎?""文化運動不要忘了美育!""異哉所謂國體問題!"等形式的題目都有；但實際上不過是從"女子應當參政"、"文化運動應當注意美育"、"非國體問題"變化出來的。

作議論文的第一步，就是認定自己所要提出的命題。命題確定了，然後加以證明。所要注意的就是保持論點，不要變更，使議論出了本命題範圍以外。例如"論莎士比亞的文學"，應當只從文學本身立論，不應該牽涉他幼時竊羊的事情。要排斥耶穌的教義，應當只從他的教義本身下攻擊，不應該説他是私生子。因爲文學和作者的幼時道德各不相關，教義的好壞和立教者的是私生子、非私生子毫無關係。如果要牽涉，就應當先證明兩者的關係；必要使人承認幼時道德不好的，長大了也無好文學；私生子不能成偉大的宗教家，然後議論才立得住，不然總是謬論。這種毛病在批評別人的主張的時候較多，往往以攻擊私人爲壓倒對手的武器。其實就是對手因爲私德上受指斥不敢再答辯，也不是他的主張失敗的證據。

第三節　證　明

命題既經認定，就應當加以證明，證明可分兩種。

(一) 直接證明　即是對於一種主張，找出積極的理由來證明。例如：

> 孟子曰："不仁哉梁惠王也！仁者以其所愛，及其所不愛；不仁者以其所不愛，及其所愛。"公孫丑曰："何謂也?""梁惠王以土地之故，糜爛其民而戰之；大敗，將覆之，恐不能勝，故驅其所愛子弟以殉之。是之謂：以其所不愛，及其所愛。"
>
> ——《孟子·盡心》

這篇的主旨是說梁惠王不仁，而用"以其所不愛，及其所愛"的事實來證明。

(二) 間接證明　就是所謂反證，對於一種主張，先證明對方面的謬誤，使自己所說的牢固。例如：

> ……孟子曰："世俗所謂不孝者五：惰其四支，不顧父母之養，一不孝也；博弈，好飲酒，不顧父母之養，二不孝也；好貨財，私妻子，不顧父母之養，三不孝也；從耳目之慾，以爲父母戮，四不孝也；好勇鬥狠，以危父母，五不孝也：章子有一於是乎?"
>
> ——《孟子·離婁》

這篇的主旨是說匡章是孝子，而用他沒有不孝的事實來證明。

大概，發表自己的主張，不能不有直接的證明；反駁他人的議論，間接證明最有用。例如：有人主張“足球應當廢止”，他所持的理由是“足球危險”，就可用間接證明法反駁如下：

> 足球危險，不錯。但是，世間危險的事情很多，火車也危險，飛機也危險。如果因爲危險就應當廢止，那麼，火車、飛機也應當廢止了；這是很不合理的。

用這種反駁法應當要注意對手的論點變更。若主張“足球應當廢止”的人，因爲這個駁議而聲明說：“火車、飛機雖危險，但有用它們的必要，非足球可比的。”他的根據已全然變更了，最初的理由是“足球危險”，後來的理由是“足球危險而且非必要”，所以應當認爲新論。

第四節　演繹法、歸納法和類推法

演繹法、歸納法和類推法，是論證的基本方法。要知道詳細，須求之於論理學，這裡所講的只是一個大概。

（一）演繹法　用含義比較廣闊的命題做基礎，來論證含義較狹的命題，這是演繹法。例如：

> 學校的功課都應當注意學習，——大前提
> 音樂是學校的功課，——小前提
> 故音樂應當注意學習。——斷案

這是演繹法最基本的形式，通常稱爲三段論式；是用含義較廣的“學校的功課都應當注意學習”和“音樂是學校的功課”兩個命題來證明“音樂應當注意學習”的命題。上列的順

序是論理上的通常的排列法，在文字或語言上，常有變更。試以上式爲例：

(1) 學校的功課都應當注意學習“的”(大)，音樂“既”是學校的功課(小)；所以音樂“也”應當注意學習(斷)。

(2) 學校的功課都應當注意學習“的”(大)，所以音樂“也”應當注意學習“呀”(斷)，“因爲”音樂“也”是學校的功課(小)。

(3) 音樂“既”是學校的功課(小)，學校的功課都應當注意學習“的”(大)，音樂“也就”應當注意學習“了”(斷)。

(4) 音樂“既”是學校的功課(小)，音樂“就”應當注意學習(斷)，“因爲”學校的功課都應當注意學習“的”(大)。

(5) 音樂應當注意學習“呀”(斷)，“因爲”學校的功課都應當注意學習(大)，音樂“也”是學校的功課(小)。

(6) 音樂應當注意學習“的”(斷)，音樂“既”是學校的功課(小)，學校的功課都應當注意學習“啊”(大)。

引號内的字是爲句子的順暢附加的，因爲無論在文字上或語言上，常常還一定用很質樸的表明語句。大前提、小前提和斷案不但排列的順序可以變更，常常還有省略。例如：

(1) 學校的功課都應當注意學習(大)，音樂“也”是學校的功課“呀”(小)！

(2) 音樂“既”是學校的功課(小)，音樂“豈不”應當注意學習“嗎”(斷)?

(3) 學校的功課都應當注意學習“的”(大),音樂“就”應當注意學習“了”(斷)。

(4) 音樂既是學校的功課(小),就應當注意學習(斷)。

(5) 學校的功課都應當注意學習(大),音樂自然不是例外(斷)。

只要意義能夠明白,在文章上排列變更,要素省略都無妨。爲了文章辭調的關係將命題的形式改換也是必要。但若要檢查議論的正否,卻須依式排列。例如:

(1) 桀紂之失天下也,失其民也。

——《孟子·離婁》

(2) 天子不能以天下與人。

——《孟子·萬章》

(3) 他不用功,故要落第。

這些議論若要施以檢查,須將省略的補足,成一完全的三段論式如下:

(1) 失其民者失天下,
桀紂失其民者也,
故桀紂失天下也。

(2) 天子不能以天下與人,
堯爲天子,
故堯不能以天下與人(舜)。

(3) 不用功的學生都要落第,

他是不用功的學生，

故他要落第。

演繹法的議論，全以兩前提做基礎，所以如前提中有一不穩固，全論就不免謬誤。如前例第三個論式：

不用功的學生都要落第，

他是不用功的學生，

故他要落第。

這論式中，大前提就不甚穩當，因爲世間盡有天資聰明，不用功而可以不落第的學生。

世間原難有絶對的真理，所以就是論式各段都無誤，也不是就沒有辯駁的餘地。不過各段的無誤，是立論的必要條件，若沒有這條件，議論的資格都沒有了。

〔練習〕試把下列各議論補足成三段論式，並檢查是否謬誤：

（一）試驗使學生苦痛，故應廢止。

（二）我國有廣大的土地，豈有亡國之理。

演繹法的兩個前提原是立論的根據，假若對於一前提不易承認，還須別的三段論法，把這前提來證明。例如要論證“人類必須有教育”的一個命題，假定是用下列的論式：

人類須有知識，——小前提

知識由教育而得，——大前提

故人類必須有教育。——斷案

這論式中的小前提實在是很有疑問的，所以必須再加以證明如下：

生存須有知識，——大前提

人類要生存，——小前提

故人類須有知識。——斷案

倘使這論式中的前提還有疑問，那麼非再加以證明不可；繁複的議論文大概就是由許多三段論法聯合成的。

〔練習〕試補成下列的論式：

凡人因非全知全能，皆有缺點，故孔子雖聖人，也有缺點。

第五節　續　前

（二）歸納法　歸納法和演繹法恰好相反，是集合部份而論證全體的論法。例如，用演繹法證明“某人是要死的”。其論式如下：

凡人都是要死的，——大前提

某人是人，——小前提

故某人是要死的。——斷案

這例中的大前提“凡人都是要死的”的一個命題是否真實，如果要加以證明，也可用下列的演繹法的論式：

凡生物是要死的，——大前提

人都是生物，——小前提

故凡人都是要死的。——斷案

對於這個論式的大前提“凡生物是要死的”的一個命題，若還有疑問，須加以證明，那就不是演繹法所能勝任的，非用歸納法不可了。論式如下：

牛是要死的，馬是要死的，羊是要死的，草是要死的，樹是要死的……袁世凱死了，西施死了，我的祖父母死了……

牛，馬，羊，草，樹，……袁世凱，西施，我的祖父母……都是生物。

故生物是要死的。

這式的兩前提都是以經驗所得的部份集合起來，由此便得到“生物是要死的”的結論。

歸納法中有兩個應當遵守的條件：

（一）部份事件的集合須普遍而且沒有反例；

（二）有明確的因果關係。

這兩個條件如果能滿足一個，大概可以認爲沒有錯誤。用例來説：

（1）有角動物都是反芻動物。

在這例中，“有角”和“反芻”有沒有原因結果的關係，這在現在的科學上還沒有證明，所以不能滿足第二個條件；但有角的動物如牛、如羊、如鹿等都是反芻的，並且沒有反例，即有角而不是反芻的動物可以舉出，這就滿足第一個條件；而可認爲正確的了。

（2）有煙的地方必定有火。

這例中的“煙”同“火”是有因果關係的，滿足了第二個條件，所以就是不遍舉事例，也可認爲正確。

(3) 文化高的國民都是白皙人種。

這例雖可舉出英、美、德、法等國民來做例證，但有印度、中國等反例可舉，不滿足第一個條件。並且，明確的因果關係也沒有，又不滿足第二個條件。這樣的歸納便是謬論。

最有力的歸納法，是第一、第二兩個條件都能滿足的；因爲事例既普遍而無相反的例可舉，原因結果的關係又極明瞭，自然不易動搖了。所應注意的，有無反例可舉和人的經驗有關係；就現在所經驗的範圍雖無反例，範圍一旦擴大也許就遇見了反例；所以歸納法所得的斷案常是蓋然的。但原因結果的關係既已明確，就有反例可舉也不能斥爲謬論；這只是原因還沒完全舉出，或反例另有原因的緣故。例如：

居都市的人比居鄉村的人來得敏捷。

這就是生活狀況的不同，一是刺激很多，一是清閒平淡，可以將原因結果的關係説明的；雖有一二反例，必定別有原因存在，對於原論並不能動搖。

〔練習〕就下列各命題，廣舉事例且説明其因果關係：

(一) 文化從海岸起始。

(二) 卜不筮足信。

(三) 健康爲成功之母。

(三) 類推法　根據已知的事例而推斷相類的事例的方法，這是類推法。例如：

地球是太陽系的行星，有空氣，有水分，有氣候的變化，有生物。——已知的事例。

火星是太陽系的行星，有空氣，有水分，有氣候的變化。——相類的事例。

故火星有生物。——斷案。

類推法應用時須遵守下列的兩條件：

（甲）所舉的類似點，須是事物的固有性，而不是偶有性；

（乙）被推的事物須不含有與斷案矛盾的性質。例如：

(1) 孔子與陽虎同是魯人，同在魯做官；若依了這些類似點，因孔子是聖人就推斷陽虎也是聖人，這便犯了第一個條件；因爲這些類似點都是偶有性。

(2) 甲乙二鳥，聲音，大小，形色都相同。但乙鳥的翅曾受傷折斷；若依類似點因甲善飛就推斷乙也善飛，這便犯了第二個條件，因爲翅的折斷和善飛，性質是矛盾的。

〔練習〕

人披氈了則温暖，將氈子包冰，則冰反不易化。試就類推法說明。

第六節　證據的性質分類

判斷一件事，總是以經驗做根據，而依前兩節所舉的方法找出證據來。由性質上，證據有種種的不同，分述如下：

（一）因果論　因果論又名蓋然論，是根據了“同樣的原因必生同樣的結果”的假定，以原因證明結果。例如：

(1) 某人平日品行方正 (原因), 這次的竊案大概和他沒有關係 (結果)。

(2) 他作文成績素來很好 (原因), 這次成績不良, 大概是時間局促的關係 (結果出預想之外, 因爲别有原因的緣故)。

這都是因果論, 普通所謂議論, 大概是這類最多。因果論所以又名蓋然論, 就是因爲這種議論並不是確切可靠的緣故。對於同一事件, 往往可做正相反對的因果論, 即如前例的:

(1) 某人平日品行方正 (原因), 這次的竊案大概和他沒有關係 (結果)。

對於這一個因果論也可做正相反對的第二個因果論:

(2) 某人近來很窮 (原因), 或不得已而竊盜 (結果)。

這兩個因果論, 可以同時發生, 在這時候, 要決定究竟哪一個成立, 實是一件很難的事。就是能夠證明某人真是渴不飲盜泉的丈夫, 但仍不能將 (1) 確立而推翻 (2), 因爲還有第三個、第四個乃至無窮個因果論可以發生。即如:

(3) 某人的母親病得很危險, 他正困於醫藥費 (原因), 或竟至於竊盜 (結果)。

這個因果論更爲有力, 某人品行既好, 當然有孝行, 對於母親的病自是要想盡方法去醫治; 那麼急不暇擇, 也是人情。

從這例看來, 可知因果論是個確度很小的論法。所以用這個論法的時候, 通常須用 "大概"、"或" 等推量的語氣, 萬不可取斷定的態度。

但因果論雖不是充足的可靠的議論，卻是必要的、很有價值的。所以無論何種議論，至少非有一個因果論的證據不可。否則，即使別的證據很多，也不可靠。例如甲有殺乙的嫌疑時，假定有下列各種證據：

(1) 乙被殺時，甲確不在家。

(2) 甲家有帶血跡的刀。

(3) 甲的衣上有血。

這類的證據無論有多少，假定甲所以要殺乙的原因一點不明白的時候，依然毫不足憑，而不能據以斷定甲是殺乙的。如果能求得下列的事實的一種或一種以上，那就可以認甲爲殺乙的嫌疑者。所以僅一因果論的證據雖不足恃，若與別的證據聯合起來，就成有價值的論法了。假定所得的事實如下：

(1) 甲曾因金錢關係與乙有仇。

(2) 甲和乙前幾天曾打架而被打傷。

(二) 例證論　將和結論相同的事例引來做議論的證據，叫做例證論。例如：

(1) 某人身體原很弱，因從事運動，今已健康（事例）；所以運動是有益於健康的（結論）。

(2) 甲學生很用功及了格，乙學生不用功落了第（事例）；所以要及格非用功不可（結論）。

(3) 投石於水，就沉下去，投木片於水，則浮在上面（事例）；可知輕的東西是浮的，重的東西是沉的（結論）。

這都是例證論。例證論以部份來推全體，或以甲部份來推乙部份。前一種是歸納法的，歸納的法則應該嚴格遵守；後一種是類推法的，類推的規則切不可犯。除此以外還有幾個條件應當特別注意：

（甲）人事和物理的不同　前例中（1）和（2）是人事，（3）是物理。物理以物爲對象，物質界是有普遍的法則可尋的，所以大概可以說有一定。甲石沉了，乙石也沉了，可以說凡石都要沉的；甲木浮起，乙木也浮起，可以說凡木都要浮起的。但人事界的現象卻沒有這樣的簡單。甲從事運動身體康健了，乙從事運動或反而生病；因爲體質、情形都不一定相同，結果不一定同也是應該的。丙不用功幸而不落第，就以爲不用功可以不落第；某人買彩票發財，就去買；某人的阿哥的學問好，就以爲他的學問也好；這些謬誤，都是一類。

（乙）"假定"不能做例證　例證須是事實，"假定"做不來例證。世間往往有以"假定"做例證而應用例證論的。例如：

> （1）精神一到，何事不成（假定）；凡畢業顛沛流離的，都是精神不振作的緣故（結論）。
>
> （2）他如果就了商業，已經可以做商店的經理了，何至窮得這樣（假定）；所以讀書不如經商（結論）。

（1）例中，事的成不成非做了以後不能曉得的；（2）例中，經商能不能就做商店經理，而不窮困，也要經了商才可知道的。只懸揣了一個假定，再從這假定立了腳來推論，即使常識上通得過去，總不可靠。

（三）譬喻論　譬喻論和例證論相似，不過例證論是引用和結論相同的事例做證據，譬喻論是引用和結論相似的事例做證據。例如：

(1) 加熱於蒸汽機關，則機關運轉，故熱可轉成運動。（例證論）

(2) 像蒸汽機關的運轉需煤一樣，生物在生活上也需食物。（譬喻論）

譬喻論中所最要緊的，就是兩方面的類似的關係。譬喻要得當，就是兩方面中各自所存有的關係要有適當的關連。試就上例分解如下：

(1) 蒸汽機關的轉動要發熱的東西（煤），故運動要有發熱的東西。（歸納的例證論）

(2) 運動要有發熱的東西，故生物的運動（生活）也要有發熱的東西（食物）。（演繹的因果論）

適當的譬喻，照上面的樣子分解起來，例證論和因果論間一定有相當的可以存在的關係。假如其中有一式錯誤，譬喻論的全體也就要錯誤。今示謬誤的例於下：

浙江人比湖南人好，好像浙江綢比湖南綢好一樣。

這種譬喻論的謬誤是誰都曉得的。所以謬誤的原因在哪裡呢？試分解一下就曉得了：

(1) 浙江綢比湖南綢好，所以浙江的一切比湖南的一切好。（歸納的例證論）

(2) 浙江的一切比湖南的一切好，所以浙江人比湖南人好。（演繹的因果論）

這二式中，(1) 的例證論明明不合歸納的法則，事例既不普遍，因果關係也不明確，要舉反例，不論多少都可以舉出，如湖南的夏布就比浙江的好之類。(2) 的演繹式的大前提既謬誤，斷案當然也靠不住了。就是分解起來，(1) 的歸納式不錯，而 (2) 的演繹式錯了，也一樣地靠不住。

檢查譬喻論的方法除將它分解以外，還有一種，就是審察兩面的關係類似不類似。就前例說："浙江綢"和"湖南綢"的關係，與"浙江人"和"湖南人"的關係全不類似。不類似的關係當然不能譬喻的。至於"蒸汽機關"和"煤"的關係，同"生物"和"食物"的關係，就是類似的了。

譬喻論，我國古來用的很多，現在也着實有不少的人用它，譏詐百出，最易使人受欺；大宜注意辨別。

〔練習〕試指出下列各譬喻論正否：

(一) 國之有海軍與陸軍，猶鳥之有兩翼，缺一不可。

(二) 政府之不必使人民與聞政治，猶父母之不必問家事於子女。

(三) 一矢易折，集數矢則難折；人也是這樣，孤立易敗，協力則無敵。

(四) 符號論　符號論和因果論恰相反，因果論是從原因推證結果，符號論是從結果推證原因。例如：

(1) 某人没有一定的職業，應當很窮。　(因果論)

(2) 某人到了嚴冬還穿袷衣，可見他很窮。　(符號論)

符號論是以實際的形跡 (符號) 來證明所論的真確的。見學生上課時在講堂中睡眠，說教師不能引起學生的興味；見水的結冰，說大氣的溫度在冰點以下；見日本打勝了俄國，說日本比俄國文明程度高；這都是符號論。通俗所謂“理由”的，大概是因果論；所謂“證據”的，大概是符號論。

因爲同一事實，可以由種種的原因發生，所以符號論雖是由結果而推論原因的議論，也是不完全可靠。例如：

(1) 學生上課時在講堂中睡眠，足見教師不能引起學生的興味。

這議論也可有別種的說法：

(2) 學生上課時在講堂中睡眠，足見學生不十分注意學業。

(3) 學生上課時在講堂中睡眠，足見學校的功課太煩重，學生擔負不下。

…………

符號論一不小心就容易生出謬誤。因爲是博士，就崇拜他，說他有學問；因爲是孔子說的，就相信它一定不錯；因爲西洋人也這樣那樣，所以非這樣那樣不可；看看報上某商店的廣告，就信某店的貨物精良；都是這一類的謬論。

符號論中最可靠的，是那結果只有一種原因可以生出來的時候。例如：

(1) 河水結冰了，可知天氣已冷到攝氏表零度以下。

這是可靠的議論，因爲除了天氣已冷到攝氏表零度以下，沒有別的原因可以使河水結冰的。但是像：

(2) 碗中的水結冰了，可知天氣已冷到攝氏表零度以下。

這就不大可靠。因爲使碗中的水結冰的原因還有別的，人工的方法就是一個。

就大概說：自然界的現象，符號論大體可靠，一涉到人事，關係非常複雜，用符號論大須注意。

第七節　各種議論的聯絡

前節所述的四種議論，各有缺點；所以單獨使用很不可靠。但是若能將二種以上的議論聯結起來，就成有力的議論了。例如甲有殺乙的嫌疑時，如果在同一事情，得到下列種種事實，那末甲是嫌疑犯，差不多可以斷定了。

(1) 甲的性情粗暴。　(因果)

(2) 甲與乙曾因金錢關係有宿怨。　(因果)

(3) 某次甲曾用刀和人格鬥。　(例證)

(4) 乙被害時，甲不在家，其時爲夜半。　(符號)

(5) 甲家中有帶血的衣服和刀。　(符號)

以上是三種議論的聯結，若能四種聯結，更爲可靠。所應注意的，就是因果論和符號論並不全然可靠，至於例證論和譬喻論更只能做補充用，力量很微弱，即以上例來說，雖已有五個證據，但最多只能說甲有嫌疑，至於甲是否殺乙，依然不能斷定。所以，關於這一類事實要下判決，非有確實的人證（如當場見到）或物證（如刀與傷口）不可。因此，裁判官只能用各種方法引誘甲自行承認，而不能依自己所得的蓋然的證據推斷。因爲上面的事實，甲和別人血鬥，和殺的不是乙，甚或別人嫁禍，(4) 和 (5) 都可以存在的，至於 (1)、(2)、(3) 都是已過的事，用做證據本來力量很不大。

第八節　議論文的順序

文章原無一定的成法，議論文的順序當然也不能說有一定。以下所說的事項，不過是普通的說法。

(一) 命題的位置　議論文原是對於命題的證明，命題當然是議論文的根本。所以命題在一篇文章中應該擺在什麼地方；還是先列命題，後來說明呢；還是先加說明，後出命題呢？這實在是一個問題。

在最普通的文章，應該先提出命題，使讀者開首就了解全篇主旨所在。若是把文章讀了半篇，還不能曉得究竟講點什麼，這類不明晰的文章，普通不能算好的。

先列命題，能使文章明晰，卻是有時也不應當先將命題列出：

第一，命題容易引起反對的時候　例如對學校學生主張有神論，或對宗教家主張無神論的時候，倘使先把命題揭出，必致開端就惹起觀聽者的反對，以後雖有很好的證明，也不足動人了。這種時候，應當先從比較廣泛點的地方起首。對學生講有神論，可先從科學說起，說到科學不可恃，再提出有神論來。對宗教家主張無神論，可先說古來有神論和無神論的派別，各揭出其優劣，使聽者覺得無神論也有若干的根據，然後再提出自己主張無神論的意見。

第二，命題太平凡的時候　例如在慈善會場中演說“人要有慈善心”的時候，若開端先將命題提出，聽的人就厭倦了。這種時候，可從“生存競爭的流弊”等說起，使聽者感覺慈善的必要，然後再提出本命題來。

（二）證明的順序　通常因果論應當列在前面，符號論列在最後。因果論若列在最後，就使已經證明的事情和當面的問題無涉。若四種論證都全備的時候，就是（1）因果論、（2）譬喻論、（3）例證論、（4）符號論；這是最普通的。

先列因果論　使讀者預想有像結論的事實。次列譬喻論和例證論，使讀者預想着在别時别地所有的事實，或者在此也要起來。到了最後的符號論，使讀者覺得所預期要起來的事實果真起來，就能深切地信從了。再用前面所舉的甲殺乙的事例來說：

（1）甲與乙因金錢關係有宿怨。（使讀者預想甲或因此殺乙。）

（2）甲雖是個平和的人，但是憤怒和改變素性；好像水雖平静，遇風也要起浪。（使讀者信平和的甲，也可殺乙。）

（3）從前某人某人都是平和的人，都因憤怒及金錢關係，有過殺人的行爲。（使讀者因從前的實例，堅信甲有殺乙的可能。）

（4）甲家有帶血的衣服，且乙被害時，甲確不在家。（因證據使讀者堅信甲是殺乙的。）

第九節　作駁論的注意

議論文以推理爲根據，除了自然界的現象以外，人類社會的事情非常複雜，而人的推理又非絶對可恃，所以無論何種名文，總不免有駁擊的餘地。並且議論原是假定有敵論者存在，否則已用不到議論。從這一點説，議論文可以説是廣義的駁論了。今姑且就一般的所謂駁論，略述一二。

（一）尋求敵論的立脚點　要反駁敵論，自然以從要害駁擊爲最有效，所以尋求敵論的立脚點是第一步功夫。對於敵論應當找出它的主旨，就是根本的命題。其次要尋出它證明的根據和法式——演繹或歸納或類比。

（二）反駁的方法　對於敵論所用的證論的法式既已明瞭，只須檢查它違犯哪一種條件。但只是將證論推翻，不一定就能打倒敵論的根本命題，所以最重要的還是對於這命題的駁擊。

命題由性質上分，有肯定和否定兩種，如本章第二節所説；若由分量上分，又有全稱和特稱兩種。例如：

（1）凡人是動物
（2）凡人非木石　}……全稱命題

（3）有動物爲人
（4）有動物非馬　}……特稱命題

上例在質上（1）、（3）是肯定，（2）、（4）是否定；所以從質和量上分，命題有四種：（1）全稱肯定，（2）全稱否定，（3）特稱肯定，（4）特稱否定。

將質或量不同，而所含的概念相同的命題對證，稱爲對當。對當有各種形式，須於論理學中求之。現在只講其中的一種矛盾對當，即全稱肯定和特稱否定，以及全稱否定和特稱肯定。矛盾對當的性質是此真則彼僞，此僞則彼真，因此對於敵論命題的攻擊，這種方法最方便而有效。

議論的命題應當是全稱，若爲特稱立論本已非常無力；所以駁擊敵論的全稱命題，只須從它的矛盾對當的特稱命題下手；因爲證明特稱命題實較證明全稱命題容易。例如：

(1) 敵論——凡哺乳動物都住在陸上。

——全稱肯定

駁論——有哺乳動物（鯨）不住在陸上。

——特稱否定

(2) 敵論——白話不能達古書之義。

——全稱否定

駁論——有教師講解時白話能達古書之義。

——特稱肯定

上例若駁論成立，敵論當然被推翻，而駁論都是特稱，只要有一二例證就可成立，所以最方便而有效。

〔注意〕證明全稱肯定或否定以推翻特稱否定或肯定也是矛盾對當，但於作駁論少有用處，所以不詳細講了。

（三）應注意的條件　作駁論應注意的重要條件有下列的三個：

第一，勿助長敵論的聲勢　敵論者如果是有聲望的人，議論往往在一般人的心裡有强固的印象。這時候務必設法使敵論的印象減輕，以便自己的議論容易透入人心，切不可助長敵手的聲勢。例如對某博士的文字作駁論的時候，如果說：

> 某君是個博士，是個大學教授，學問很淵博，他的議論，當然不是我們做中學生的所够得上批評的。
>
> 不過……

這就是不利於自己的議論。但是也不可因此而發些輕薄的議論去糟蹋對方，這是作者的人格問題。

第二，勿曲解敵論　駁論是將自己對於敵論的反抗，公訴於一般的讀者的文字。對於敵論必須不以惡意去曲解它。否則無論怎樣，不能中它的要害，並且不能得讀者的同情。

第三，駁論的位置　最有力的駁論最好放在中部，後半篇可用强有力的方法發揮自己的主張，使讀者忘了所讀的是駁論，而信從自己的主張。

以上所說的各項，並不是想取不正當的勝利，只是用來防不應當有的失敗，千萬不要誤用。文章真要動人，非有好人格、好學問做根據不可，僅從方法上着想總是末技。因爲所可講得出的不過是文章的規矩，而不是文章的巧。

〔練習〕

(1) 試將讀過的一篇議論文，分解它的論證法。

(2) 試就讀過的一篇議論文作駁議。

第六章　小品文

第一節　小品文的意義

從外形的長短上說，二三百字乃至千字以內的短文稱爲小品文。前幾章所講的記事、敘事、說明和議論等，是從文的內容性質上分的，長文和小品文只是由外形而定。因此小品文的內容性質全然自由，可以敘事，可以議論，可以抒情，可以寫景，毫不受何等的限制。

小品文，我國古來早已有了，如東坡小品就很有名；普遍的所謂“隨筆”，也可看做小品文的一種。近來在各國，小品文更盛行，並且體裁和我國的向來的所謂小品文大不相同。現在的所謂小品文實即 Sketch 的譯語。大概都是以片段的文字，表現感想或實生活的一部份的。例如：

雪　　夜

從早晨就暗淡的天，一到夜就下了雪了。由窗隙鑽入的寒氣冷到徹骨，好像是什麽妖魔用了冰冷的手，來捉摸人的頭頸似的。才將夜飯碗盞收拾好的母親，在燈下又開始做針綫，父親呢，一心地看着新聞。飯畢就睡了的小妹，好像是日間跑得太利害了，時時在被窩裡發出驚叫來。

雪依然沒有止，後園裡好幾次地有竹折斷的聲音。夜不覺深了，寒氣漸漸加重，連遠處傳來的犬吠聲，聽去也覺得分外地帶着寒森淒清了。（寫景）

紅蜻蜓

就枯草原上卧了，把書翻開，忽然飛來了一個紅蜻蜓，停在書頁上面。頭影一動，就好像觸怒了它的樣子，即刻飛去了。飛也不遠，仍舊回到原處。我寂然不動地看它：尾巴緩緩地孑孑地動着，薄薄的兩隻翼翅，盡量伸張，好像單葉式飛行機的樣子。不時又閃轉着那大而發光的眼睛。

在晚秋的當午的强烈的日光中，紅色的蜻蜓，看去却反覺有點寂寞。（狀物）

田畔

倦了在田畔坐息，前面走過了穿着中學校制服的學生們，仔細一看，是K君與N君。他們不知道我在這裡，一壁走着，一壁高聲地談着。

唉！唉！在小學校的時候，我比K君N君成績好得多，先生也說我是有望的少年，只爲了貧窮的緣故，就這樣朝晚與田夫爲伍。我難道竟以田夫過這一生嗎？

那未免太悲哀了！但是有什麼法子可想呢？我心如沸了！雖自己不願哭，眼淚已流下頰上了！　（抒情）

鷄

鷄告訴我們天地的覺醒，但所告訴的並不一定是光明。鷄的第一次開聲，是夜的最黑暗的時候。

鷄在深暗中叫，鷄是在深暗中叫的！　（議論感想）

讀者讀了上面的例，當可明白小品文是怎樣的東西了。小品文雖然也有獨立製作的，其實多散見於長文中。有名的文學作品中含有小品文極多，幾百頁的長篇小說，也可看成小品文的連續。在近代作品中，果能節取，隨處可得到很好的小品文範例。例如：

風雨的強度漸漸地退減，不久，就只賸了霧樣的非常美麗的細雨。雲的弧綫一點點地透升上去，長而且斜的日光，即落在地上了。從雲的裂縫裡，露出一條碧色的天空，這裂縫次第展開，像個揭去面紗的樣子；既而澄淨深碧的天空就罩住世界。新鮮的微風拂拂地吹着，好像地球的幸福的歎息，掠着濕雨的小鳥的快樂的歌聲，可從田野森林間聽得。

——莫泊桑的《一生》

從黎明起，平常所沒有的凝然而沉的濃霧，把一切街道閉住了。這雖若干地輕微透明，不至於全不看見東西，可是在霧中行走的人們，都已浸染着了那不安的暗黃色；女人臉上鮮活的紅色以及動人目的衣服花樣，都好像隔了一層黑的薄紗，在霧中有時茫然地暗，有時豁然地鮮明。南首天空，在蚊帳樣的黑雲裡，藏着日脚很低的十一月的太陽，比地上遠來得明亮；北首則到處沉暗，好像低掛着大大的幕，下面昏黃而黑，物象分辨不清，幾同夜間一般。於這沉滯的背景中，模糊地浮出着薄暗的淡灰色的屋宇，在秋天已早荒廢了的某花園的門口豎着的兩圓柱，看去宛像死人前面列着的一對的黃蠟燭……

——安得列夫的《霧》

祖母死後數年，父母也都跟着做了這墓中的人，到現在已星霜幾易了。墓碑滿了蘚苔，幾乎看不出文字，雖默然地立着不告訴我什麼，但到此相對，不覺就如目見墓中人一樣。他們生前的情形，都一一不可遏地奔到我心上來：祖母駝圓了背在檐下曝日的光景，父親的將眼鼻並在一處打大噴嚏的神情，母親着了圍裙漿洗衣服的樣子，都顯然地在我眼前浮出。

颯然地風來了，樹葉瑟瑟地作聲。明知道只是樹葉的聲音，然在我無餘念的人的耳中，好像是有一種曾聽見過的乾皺的沙音，快活的高聲，和低而纖弱的喉音，紛然合在一起，在那裡忙說着什麼似的。忽然間聲音一停，以後就寂然了。

我的心也寂然了。從這寂然的心坎中忽然湧起了懷慕的心情，不覺眼中就含了淚了。唉！如果可以，我願就這樣到墓中去，不再返塵世了！

——二葉亭四迷的《平凡》

以上不過就近代外國文學作品中略舉數例，這樣好的小品文，在我國好的文學作品中當然也很不少。如《儒林外史》中的王冕放牛，和《水滸傳》中的景陽岡一段，都可作小品文讀的。讀者只要能留心，就可隨處得着小品文的範例了。

第二節　小品文在文章練習上的價值

小品文自身原有獨立的價值，且不詳論。練習小品文，對於作長文也很有幫助，就是可以增長關於作文所需要的各種能力，所以對於文章練習上，利益很多。茲述一二於下：

（一）可爲作長文的準備　畫家學畫，須先從小部份起，非能完全描一木一石的，決不能畫全幅的風景，非能完全寫一手一足，決不能畫整個的人物。文章也是這樣，不能作全部份的文字的，即使作了長篇的文字，也決不會有可觀的價值。所以與其亂作無謂的長文，不如多作正確的小品文。換句話說，就是學文須從小品文入手。

（二）能多作　文有三多：多讀，多作，多商量，這是學文者無可反對的條件。但長篇文字要多作，實不容易，小品文內容既自由，材料又隨處可得，並且因字數很少，推敲，佈局都比較容易，很便於多作，能多作，作文的能力就自然進步了。

（三）能養成觀察力　小品文形既短小，當然不能容納大的材料。因此，要作小品文，無論寫情、寫景，非注意到眼前事物的小部份，將它的特色生命來捕捉不可。這麼一來，結果就可使觀察力細密而且銳敏。細密而且銳敏的觀察力，實在是文人最重要條件之一。

（四）能使文字簡潔　要作小品文，因它的字數有限，斷用不着悠緩的筆法，非有扼要的手腕不可。所以學習小品文，可以使文字簡潔。初學作文，最普通的毛病是冗漫、寬泛，因爲初學者對於材料還没有選擇取捨的能力，不容易得着要領的緣故。若作小品文，這毛病立即現出，漸漸自然會簡潔起來，而對於材料也能精於選擇、取捨。這種工作，原是作文的第一步，也就是作文方法的一切。如果真能通達，已可算得有作文的能力了。

（五）能養成作文的興味　初學作文的人，往往因爲作得不好，打斷興味，而自覺失望，這是常見的事。長篇文字所需的材料既多，安排也不容易，初學的人當然没有作得好的可能，屢作都不好，興味就因而萎縮了。小品文以日常生活爲材料，並且是片斷地收取，因而容易捕捉，材料既不複雜，安排也容易；即使作了不好，改作也不費事。爲了這樣，學作小品文既容易像文字，而很好的成績偶然也可得着；作者的興味當然可以逐漸濃厚。

學作小品文的好處如要細述，還不止此，但這已很足證明有學它的必要了。讀者要學作文章嗎？先努力作小品文吧！

第三節　小品文練習的機會

小品文本隨時可作、隨地可作，不必再待特別機會。這裡姑舉一二便於作小品文的機會於下：

（一）日記　日記因人的境遇、職業不同，種類當然很多，但大體可別爲二種，一是只記述行事的，一是記述內面生活的。在普通人的日記中，兩種時時相合，前者重事實方面，後者重心情方面。例如：

> 晨五時起，到後園散步，早膳後赴學校。授課三小時。傍晚返寓。S君來談某事，夜接N自滬來信。燈下作覆書。閱新到雜誌。十時就寢。

> 數日來的苦悶，依然無法自解。來客不少，可是都沒有興高采烈地接待他們。客散以後，一味只是懊惱，恨不得將案上的東西，擲個粉碎。天一夜，就蒙被睡了。

上面二例，前者是以行事爲本位的，後者是以心情爲本位的。兩者雖任人自由，沒有限制，但爲練習文章計，應當注意這兩方面的調和；一味抒述內心生活，雖嫌虛空，然賬簿式的事實的排列，也實在沒有趣味。因此，最好的日記是於記述事實之中，可以表現心情的作法。請看下例：

> 昨晚執筆到一點鐘；起來覺得有點倦懈。天仍寒雨，窗外桃花却開了。H來談，知N已病故，不勝無常之感。忽然間N的往事，就成了全家談話的材料了。下午到校授課，夜仍譯《愛的教育》，只成千百字。

上例雖不甚佳，然可視爲兩方調和的一例。我國古來，日記中很有可節取的文字；案頭現有《復堂日記》，摘錄一節如下：

> 積雨旬日，夜見新月徘徊庭階，方喜晴而礎潤如汗，雨意未已。二更猛雨，少選勢衰，枕上閱洪北江《伊犁日記》，《天山客話》終卷。睡方酣，聞空樓雨聲密灑，霆雷如百萬軍聲，急起，已淋淋屋漏矣。雨炊許時，雷雨始息，

重展衾枕，已黎明，是洪先生出關，車行三四十里時也。

這是清人譚復堂日記的一節，可以做小品文讀的。筆法雖與現代的不合，但對於實生活的忠實的玩味力和表現力，是可以爲法的。

一個人每日的生活必有幾事可記的。一日的日記，如果分析起來，實有幾個獨立的小品文可成。通常日記不必使每一事實都成小品文，只要使一日的日記全體爲一小品文，或於其中含一小品文就夠了。上例就是於一日的日記中含一小品文的。

日記的價值可說的很多，練習文章也是價值之一。因爲日記是實生活的記錄，日記的文字可以打破一切文字上的陳套；要作好日記，非體會吟味實生活不可。所以從日記去學小品文是很適當的。

（二）書札　書札與普通文字徑路不同，盡有能作普通文字而不能作書札的。書札有實用與非實用的二種。實用的書札普通都是隨筆寫成，不加功夫；至於非實用的，則非有練習功夫的人是不能作的。日常的書札中往往含有這實用的與非實用的兩方面。例如：作書託友人介紹醫生，而附述自己病牀的景況，前者是實用的，後者是非實用的。又如：作書約友人來遊，而敘述所在地的景物，前者是實用的，後者是非實用的。

講到趣味，作書札比作日記更多，因爲日記是獨語，而書札卻是對話了。知友把他的生活情況來報知我們的書札，我們都非常樂讀；我們能於書札中表現我們的生活，使朋友曉得，他們將怎樣地歡喜呢！

我國古來書札中，佳例很多。茲隨錄一二爲例：

某啓，兩日疾有增無減，雖遷閘外，風氣稍清，但虛乏彌。兒子何處得《寶月觀賦》，琅然誦之。老夫卧聽未半，躍然而起；恨二十年相從，知元章不盡。若此賦當過古人，不論今世也。天下豈常如我輩憒憒耶？公不久當自有大名，不勞我輩説也。願欲與公談，則實未能，想當後數日耶？

——蘇東坡《與米元章》

某到黄陂，聞公初五日便發，由信陽路赴闕，然數日如有所失也。欲便歸黄州，又雨雪間作。向僧房中明窗下擁數塊熱炭，讀《前漢書·戾太子傳贊》，深愛之。反覆數遍，知班孟堅非庸人也。方感歎而公書適至，意思豁然。稍晴暖，當揚帆江上，放舟還黄也。

——蘇東坡《與李公擇》

庭前小梅數株，緑衣素妝，娟好如漢宫人。幽齋無事，静對忘言。或時移書吟詠其下，攀條摇曳，暗香入懷。每當惠風東來，飄拂襟袖，挹其清芬，宛然如見故人。今雖飛瓊碎玉，點點青苔；然片光孤影，獨彷彿繚繞左右。倘能乘興而來，巡檐一索，便可共吟楚些，共招落梅魂也。

——湯傳楹《與尤展成》

上所舉的例雖與現代文體不同，然都能表示實生活，不只簡單的排列要事，很能使受書的愛讀，而且讀了增加不少的興趣。由此可知：要作好書札，非加入實生活的背景不可；若不將實生活做背景，文字就不能動人。試比較下二例：

（甲）　昨日在某處遇見H君，知S君即將於下星期内赴英倫。我和H定於明晚在某處設宴餞行，特寫信約你，請屆期與會。

（乙） 昨日在某處遇見H君，知S君即將於下星期內赴英倫。S君的要赴英留學，原是早有所聞的，却不料別離有這樣快！寥寥的朋輩中暫時將又少一人了。已和H約定，明晚在某處設宴餞行，特寫信給你，請屆期與會；於離別以前，大家再一親S君的快活的面影，話一番小學時代的舊事吧。

這是編者漫然作成的例。（甲）和（乙）相較，（甲）是只列事實，（乙）是兼述生活和心情，（乙）較（甲）有情趣，讀了自可了解了吧。

書札中能兼述生活情趣，就能不獃滯而饒興味。這不但在本文中如此，隨處都是這樣。舉一例說，即如署名下的月日就可有各種記法。“某月某日”，“某月某日燈下”，“某月某日遊山歸來”，“某月某夜蟋蟀聲中”，這些記法，後面的比前面的，趣味就有多少的分別。

這裡所應注意的，就是要真實無飾。若專襲套語，徒事修飾，是毫無用處的。只要能表現實生活，就可以使讀者引起情趣；若徒把古人或今人的美辭麗句來套襲，就要成獃板討厭的文字了。舊式書簡中很多這種毛病，不可不知。

第四節　小品文作法上的注意——着眼細處

小品文是記述實生活的一部份的東西，以描寫部份爲目的；要寫全體的事象，當然不是小品文所能勝任的。所以作小品文必須注目於事物的細處，就極微細極瑣碎的部份發見材料。習作小品文所以能使人的觀察精細銳敏，原因就在這一點。試看下例：

（甲）　鱗雲一團，由西上升；飛過月下，即映成五色，到紫色緣邊，彩乃消滅。團團的月懸在天心，皎皎的銀光籠罩着平和的孤村。四邊已靜寂了，地底下潛藏的夜氣，像個呼吸似的從脚下衝發上來。

——《月夜》

（乙）　一到半夜，照例就醒，醒了不覺就悄然。窗外有蟲叫着，低低地顫動地叫着，仔細一聽；就是每夜叫的那個蟲。

我不知於什麼時候哭了，低低地顫動地哭了。忽而知道，這哭的不是我，仍是那個蟲。

——《蟲聲》

上二例都是描寫秋夜的；一以月爲題，一以蟲聲爲題；一以景色爲主，一以作者的心情爲主。趣向不同，好壞雖難比較，然秋夜的情調，二者中，何者比較地能表示出來呢？不用說，後者勝於前者了。這個原因，由於（甲）欲以短小的文字寫繁複而大的景物，（乙）卻只寫蟲聲（一個蟲聲）的緣故。

欲在一小文中遍寫一切，結果必致失敗。初學者作“春日遊某山記”，往往將上午某時出門，途遇某友，由何處上山，在何處休息，何處午餐，遊某寺某洞，某時下山，怎樣回家等，一一列舉於短小的文字中，結果便成了一篇板笨的行事賬簿，當然没有什麼趣味可得的。

不但描寫景物是這樣，即在抒情文、感想文、議論文中，也是如此。小品文的材料，與其取有系統的整個的，不如取偶發的、斷片的。例如：

> 去年今日此門中，人面桃花相映紅。人面不知何去處，桃花依舊笑春風。

這是崔護的詩，所以讀了能使人感動，全在他能觸物興感，把偶發的斷片的材料來活寫的緣故。如果平鋪敘述，把一切事件都說到，就成了"崔護某處人，一日在某處遇一女郎……"樣的一篇東西，使人讀了，最多也不過得着"哦，有這麼一回事"的感覺罷了。

就事件的全體來做小品文的材料，結果只能得到點輪廓，不能得其內容。用譬喻來說，輪廓的文字好像地圖，是不能作爲藝術品的。我們要作繪畫樣的文字，不需要地圖式的文字。因爲從繪畫上才有情趣可得，從地圖上是不能得到的。

從許多斷片的部份的材料中，選出最可寄託情感的一點拿來描寫，這是作小品文的秘訣。好像打仗，要用少數的兵去抵禦大敵的時候，應該集中兵力，直衝要害，若用包圍式的攻戰法，就要失敗的。

第五節　小品文作法上的注意——印象的

精細的部份的描寫，勝於粗略的全體的敘述和說明；這是從前節已可知道的。那麼，什麼叫做描寫呢？

描寫是照了事象把它來從筆端現出的意思，和繪畫所用的意義相同。說明固然不是描寫，敘述也不是描寫。舊式文章中說明和敘述的分子很多，近來的文章，除了批評文感想文等以外，差不多都以描寫的態度出之了。

我國古來純文學作品中很有描寫佳例，隨錄一二，讀者當能了解描寫的態度。

山色倒侵溪影，一路隨孤艇。

——楊儀《桃源憶故人》

寒風吹水，微波皺作魚鱗起。

——趙寬《減字木蘭令》

仰視浮雲馳，奄忽互相逾。

——李陵《與蘇武》

斜日墜，荒山雲黑天垂暮，時見空中一鴈來，冷入殘蘆去。

——蔣冕《卜算子》

於上列各例，讀者對於他們觀察事物的精敏，大約佩服了吧！簡單點說：描寫就是觀察的表出，不會觀察事物的人是斷不能描寫的。前節所說的寧作小部份的描寫，不可作全體的敘述和說明，換句話說，就是要描寫的，不可是敘述的說明的。因爲短小的文字中，若要裝載整個的有系統的材料，必致流於說明敘述，結果便只存了輪廓而使内容完全空虛了。

但從另一方面看，所謂描寫的就是“印象的”的意思。我們與事物相對時，心情中必有一種反應或感覺，這普通稱爲印象。描寫是照了所觀察的事象如實寫出，就是要把印象寫出。所以如果是描寫的文字，必會成印象的文字。上面所舉的描寫諸例，都是印象的，都能將自己對於事物所得的印象傳給讀者。

將自己所得的印象，不加解釋說明直現出來，使讀者也得着同樣的印象，這叫做印象的。試看下例：

> （甲）　才開窗，濕而且重的溫風即吹來，花壇的花枝都帶着水珠；薔薇已落了許多，有幾瓣還亂落在花壇外，沾着些泥土了。油也似的雨，還絲絲地亮晶晶地從檐口掛下，羅岩山山腰以上，無聲地放着破絮似的雲，鉛樣的濕煙，低低地籠罩湖水，一切都沉滯得如在水銀中一樣。
>
> ——《時雨的早晨》
>
> （乙）　起來正六時，天還未晴，開窗一看，濕而且重的溫風就迎面吹來。花壇的花枝上都帶着水珠，知道昨夜大雨。薔薇已落了許多。這薔薇是今年正月裡親自種的，前天才開，不料就落了。有幾瓣還亂落在花壇外，沾着些泥土，這大約是昨夜風大的緣故吧。
>
> 油也似的雨，絲絲地亮晶晶地，從檐口掛下，不從檐口去看，却看不出。羅岩山山腰以上放着破絮似的雲，天恐一時不會晴呢。鉛樣的濕煙，低低地籠罩湖水，一切沉滯得如在水銀中一樣。唉！真令人悶極了。

上面二例，（甲）只述目見的光景，（乙）則於述光景以外，又加入作者自己的解釋或說明。讀者讀了，不消說是取前者不取後者的吧。因爲前者比較地能把印象傳給讀者，且所傳給於讀者的只有印象，所以讀了容易感染。至於後者則像以諄諄的態度教示讀者一樣，讀者讀了很感着不自由；且因所傳給於讀者的不止印象，夾雜着許多不相干的東西，所以印象也就不能分明地傳給讀者了。

我國舊式文字中往往以作者自己的態度，强迫讀者起同感。如叙述一悲事，結尾必用“嗚呼，豈不悲哉!”叙述一樂事，必要帶“可謂樂事也已”之類。其實這是强迫讀者的無理的態度。悲不悲，樂不樂，讀者自會感受，何必諄諄然教誨人家呢?

描寫! 描寫! 部份的精細的分寫，勝於全體的叙述和説明! 再進一步説，要印象的描寫!

第六節　小品文作法上的注意——暗示的

前節的所謂部份的描寫，並非一定主張絶對地描寫一部份，目的是要從部份使人彷彿全體。既然能印象地描寫，把部份的印象傳給别人，全體的影子必然在其中含着，所以必能將全體的光景暗示讀者。説明的文字易陷於輪廓的，範圍常有一定，文字就往往無餘情可得；描寫的文字部份雖小，範圍卻無限制，可以暗示種種複雜的情景於讀者。所以數千字的説明、叙述的文字，有時效力反不及百字内外的描寫的文字。小品文的價值大半在此。如果部份的描寫，只能收得部份的效果，那就不是好文字。在這個意義上，小品文遠比别的長文來得難作。據説，法國雕刻家羅丹雕刻一胸像的時候，先做一全像，完成了再截去手足，而只留下胸部以上的部份。作小品文也非用這樣的態度不可。

不要説明的和叙述的，要描寫的，要印象的，暗示的；其實這許多話的根本完全相同。説明和叙述必無餘情，能描寫，自然會成印象的，同時也自然是暗示的了。試看下例：

> 鄰家的柿樹今年又結了許多的實了。這家有一個很可愛的小孩。去年這時候，他爬上樹去摘那柿子，不小心翻下來了。他哭得不得了，他的父母趕快將他送到醫院裡去，結果左手帶了殘疾了。他垂下了左手走過這樹旁的時候，總恨恨地對着樹看的。真可憐呢！
>
> ——《柿樹》

這例徹頭徹尾是叙述的、説明的，並無趣味，也没有餘情，使人讀了不過得着一個大概的輪廓，除了説一句“原來如此”以外，並不會起何等的心情。試再看下例：

> 近地的孩子們笑着喊着，忘了一切捉着迷藏。從折手以後，就失了大將地位的芳哥兒，悄然地在他自己門口徘徊，恨恨地對着那柿樹的彎曲的枝杈。他是因從這樹上翻下，成了一生不可回覆的殘疾的。
>
> 圓圓的月亮，從柿樹的彎曲的枝杈旁上來了，“月亮彎彎……”芳哥兒用眼角瞟視着在狂耍的儔伴，一面大聲地唱了起來，眼淚忽然含不住了。

這例和前例面目就大異，芳哥兒的悲哀，以及好勝的性格、將來的運命等等，都可在此表露，是有餘情、有個性的文字。前例是事情的全體，後例卻只是一瞬間的光景，而效力上，後者反勝於前者。可知部份的印象的描寫，可以暗示全體。前例是地圖式的文字，後例卻是繪畫式的文字。

用了部份去暗示全體，才會有餘情。在這裡，可以覺悟小品文並不是容易作的，所得部份，要有全體做背景才可以。並且，部份與背景的中間，最好要有有機的不可分的關係存在。譬如水上浮着的菱，雖只現一小部份的花葉，但水中卻有很繁複的部份潛藏着；而水中潛藏着的繁複的部份，和水上所現出的簡單的部份還有着不可分的有機的關係。

暗示是小品文的生命，但所謂暗示可分兩部份來看：一是筆法的暗示，一是材料的暗示。前者比較容易，後者實在很難。如能用暗示的筆法去描寫暗示的材料，那就是最理想的了。前面所舉的崔護的詩，其好處全在他能用暗示的筆法去描寫暗示的材料。

第七節　小品文作法上的注意——中心

前面曾說：小品文好像以寡兵抵大敵，非集中兵力，直衝要害不可。又說：如果取整個的多數的材料，不如細密寫少數的部份的材料。這裡所謂中心，也就是這種態度的别一方面。

所謂中心，就是統一的意思。小品文字數不多，如果再散漫無統一，必致減少效用，沒有可以逼人的能力。試看下例：

> 仍不到六時就起來了。因循慣了的我，這幾天居然把貪睡的惡癖矯正，足見世間沒有什麼難事，最要緊的就是克己。克己！克己！校中先生所帶講的“克己”二字的價值，到今方才了解。
>
> 盥洗以後，散步校園，昨夜新晴的天，又下起雨來。滿想趁今日星期天出外遊耍，現在看去，只好悶居在校裡了。“不如意事常八九”，世間大概如此吧。
>
> ——《朝晨》

上例前後二段間並無何等的聯絡，所說的全是截然不同的事，就是無中心、無統一的文字，令人讀了以後，不能得着整個的情味。這樣的時候，倒不如把兩種材料分作成兩篇小品文。

没有中心，文字就要散漫無統一，散漫無統一的文字斷不能動人。但所謂中心，不是一定限於事項的統一，事項雖不前後聯絡，只要情調心情上能統一時，仍不失爲有中心的文字。例如：專寫西湖的早景，是統一的；但於一短文中如果兼寫西湖的早景、夜景、雨景而確能表出西湖風景的情調（地方色）時，仍不失爲有統一有中心的文字。試再看下例：

> 狗叫過好幾次了，父親還没有回來。在洋燈旁縫着衣服的母親，漸漸把針的運動寬鬆；手中的布也次第流到桌上去了。
>
> 鄰家很遠，大哥昨日到上海做學徒去了。窗外的風聲，犬聲，壁上的時鐘聲，以及母親的輕微的鼻息聲，都覺得使我感着説不出的寂寥。
>
> 狗又叫近來了。母親很無力地張開眼來，好像吃了一驚了似的，仍舊提起了皺羅羅布來一針一針地縫着。
>
> 夜不覺深了！
>
> ——《夜》

上例材料上並不統一，盡有前後無關係的事項。但情調卻並不散漫，讀了可以使人得着一個整個的寂寞無聊的感情。這就是以情調心情爲中心的文字。

從此可知文字不可無中心，這中心用事項來做，或是用情調來做，是不必限定的。只要不是雜湊的文字大概自然都有中心可說，因爲我們要忠實地寫一事實或一情調時，決不至於說東扯西，弄成無統一的文字的。

第八節　小品文作法上的注意——機智

小品文如奇兵，平板的筆法斷難制勝，非有機智不可。我們觀察事物，有正面觀察和側面觀察二種。正面觀察每多平板，常不及側面觀察的來得容易動人。因爲正面的部份是大家都知道的，側面的部份往往爲人所不顧及的。能將人所忽略的部份從事觀察，文字就容易奇警，而表現也容易成功。

相傳有一畫師，出了一個《花襯馬蹄香》的畫題，叫許多學生各畫一幅。大多數的學生都從題目的正面着想，畫了許多落花，上面再畫一個騎馬揚鞭的人。這是何等地殺風景呢！有一個聰明學生卻不畫一片的花瓣，只畫一匹馬，另外加上許多隻隨馬蹄飛的蝴蝶；畫師非常讚許。這是側面觀察成功的一例。

側面觀察就是於事物的普通光景以外，再去找出常人心中所無而實際卻有的光景來；這雖有賴於觀察力的周到，但基本卻在機智的活動。凡是事物，無論如何細小，要想用文字把它表現淨盡，究竟是不可能的事。用文字表現，要能使人讀了如目見身歷，收得印象，全在一二關於某事物的特色。只要是特色，雖很小很微，也足暗示某事物的全體。

例如：霉雨時候，要描寫這霉雨天的光景，如果用平板正面的觀察的方法來寫，不知要用多少字才能寫出（其實無論多少字，也寫不完全的）。在這時候，假使有人把“蛛網”詳細觀察，發見“霧樣的細雨，把蛛網糝成白色”的一種特別的光景，把這不大經人意的材料和別的事情景況寫入文字中，僅這小小的材料，已足暗示霉雨天了。試再看下列各句：

(1) 正午的太陽，照得山邊的路閃閃地發白光。山脚大松樹的樹身上流着黄白色的脂漿。

——《暑晝》

(2) 日光在窗紙上微微地摇動，落葉掠下來在窗影上畫了很粗的黑綫。

——《初冬晴日》

上二例都是側面描寫，並不瑣碎地把暑日或初冬的光景來說，而暑日或初冬的光景卻已活現了。

以上是從機智的一方面的說明。機智還可從別一方面說：就是文字有精彩的部份，和平常的部份可區別。文字壞的，或者是句句都壞；文字好的，卻不是句句都好。一篇文中，有幾句甚或只有一句好的，有幾句平常的。在好的文字中，這好的幾句的位置，常配得很適當。

在平常的文字中，加入幾句使成好文字，這種能力是作文者大概必須的。特別地在作小品文時，這能力格外重要。在小品文中，要有用一句使全體振起的能力才好。試看下例：

弱小的菊科花開出來使人全不經意，却顫顫地冷冷地鋪滿了庭階。無力的晚陽，照在那些花的上面，着實有些兒寒意。原來秋已來了。

——葉紹鈞《母》

這文末句，是使全體統一收束的，在文中很有力量。如果没有末一句，文字就要没有統一，没有餘情了。又如：

> 正坐在椅子上誦讀英文，忽然一個蚊子來到脚膝下；被牠一刺，我身一驚，覺得很難忍；急去拍時，已經飛去了。没有多少時候，仍舊飛近我身邊，做嗡嗡的叫聲。我靜靜地等牠來，果真牠回到原處，牠伸直了脚，用口管刺入我的皮膚，兩翼向上而平，好像在那裡用着牠的全副精神似的。我拍死了牠，那掌上粘濕了的血水，使我感得復仇的愉快和對於生命的憐憫。
>
> ——某君《蚊》

這篇所以還算好的，關係全在末一句。如没有末一句，全體就没了意義。以上二例都是以末一句使全文振起的，其實有力的句子並不一定限於放在末了。

以上雖就描寫文而說，其實所謂側面觀察，所謂一句使全文振起，不單限於描寫文，在議論、感想等類的文字中，也很必要。在議論文感想文中，所謂“警句”者，大都是側面觀察成功的，有振起全文的能力的。例如：

> 戲子們何等幸福啊！他們自己隨意選擇了扮作喜劇或扮作悲劇，要苦就苦，要樂就樂，要笑就笑，要哭就哭。在實生活上却不能這樣。大抵的男女都被强迫了做着自己所不願做的角色。這個世界是舞台，却没有好戲。
>
> ——王爾德

> 一日一日地過去，無論哪一日，差不多都是空虛，厭倦，無聊，在後也不留什麼的痕跡！一日一日地過去，這些時間，原實是無意味無智的東西，然而人總希望共同生

存。他們讚美人生。他們將希望擺在人生上面，自己上面，及將來上面。啊！他們在將來上面期待着怎樣的幸福啊！

那麼爲什麼，他們認作來日不像正在過着的今日一樣呢？

不，他們並未想過這樣的事，他們全不喜想，他們只是一日一日地過去。

"啊！明日，明日！"他們只是這樣自慰，直到"明日"將他們投入墳墓中去爲止。

可是一等入了墳墓，他們也就早已不想了。

——屠格涅夫

上二例都是名文，寥寥數言中，實已喝破真理的一面。其末句都很有力，使人讀了怒也不是，哭也不是，笑也不是，不知如何才好。又本章第一節所舉的《鷄》，差不多全體是警句，可以參照。

第九節　實際做例和添削

（一）第一步　文有用了想像做的，如冒險小說之類，其中所描寫的都非作者目見親歷之境，只是想像的產物。就是普通文字中，也不無想像的分子夾雜。但初學的人用想像作文，實不如從觀察作文穩當。觀察第一要件在真實，觀察力若尚未養成，所想像的也難免不合實際。如畫家然，必先從摹寫實物、人體入手，熟悉各種形態、骨骼、筋肉的變化，然後可從事創作。

但是眼前的材料很多，從哪裡觀察起呢？這本不成問題，所以發生這疑問實由於着手就想創作名文的緣故。老實說，名文並不是一蹴可就的。在初時，最好就部份的平凡事物中蒐集材料，逐漸製作，漸漸地自會熟達，成近於名文的文字。文字的好壞本不在材料的性質，而在表現的技能。善烹調的無論用了怎樣平常的原料，也能做出可口的餚饌來。世上森羅萬象，一入能文者的筆端就都成了好文章了。

（二）由材料到成文字　無論什麼材料都可用，只要仔細觀察了，把它寫出來就成文字；這樣說法，作文不是很容易的嗎？其實這是大大的難事。寫出原是容易，但要將自己所觀察得的依樣傳給別人，使別人也起同樣的心情，這卻很難；並且不如此，文字就没了意義了。

現在試示一二做例吧：

假定我們觀察春日的田野，在筆記本上，得到下列的材料：

（1）草青青地長着，草上有兩個蝴蝶在那裡翩翩飛舞，一個是黃蝴蝶，一個是白蝴蝶。

（2）小川潺潺流着，水面被日光反射成銀白色。

（3）遠遠的樹林暈成紫色，其上飄着蓬蓬的白雲。

（4）兩個老鷹在空中迴旋，不時落近到地面來。

（5）溫風吹在身上，日光照在頭上，藉草坐了，竟想睡去，我不禁立了唱起歌來了。

材料有了，更要把這材料連綴起來成爲文字。那麼怎樣連綴呢？先就全體材料的性質考察：草——蝴蝶——小川——樹林——雲——老鷹——溫風——日光。這裡面，樹林和雲是遠景，老鷹也比較地不近，草、蝴蝶、小川是最和作者相近的。照普通的順序，先說近的，後說遠的，原來的排列似乎也没大錯。但依原形連綴攏來，究竟不成文章：第一，接合不穩；第二，詞句未淨。

(1) 句雖明瞭，但是不乾淨，多冗詞。“草”、“草上”、“兩個蝴蝶”、“黄蝴蝶”、“白蝴蝶” 相同的名詞叠出，文趣不好；應改削如下：

> 青青的草上，有黄白二蝶翩翩飛舞。

這樣就夠了。(2) 没有什麽可删，原形也可用。不過突然與 (1) 連結，文有點不合拍。如果加入一句“草的盡處”，連結起來就不突兀，並且景色也較能表出。

其次是 (3) 和 (4) 了。這二者要互易順序，景物才能統一，爲了與上文連結及表出春日的心情起見，上加一句“抬起倦眼仰望”，更得情味。其餘一仍其舊，將全體連綴起來如下：

> 青青的草上，有黄白二蝶翩翩飛舞。草的盡處，小川潺潺流着，水面被日光反射成銀白色。
>
> 抬起倦眼仰望，兩個老鷹在空中迴旋，不時落近在地面來。遠處的樹林暈成紫色，其上飄着蓬蓬的白雲。
>
> 温風吹在身上，日光照在頭上，藉草坐了竟想睡去，我不禁立了唱起歌來了。

這樣，文雖不工，但繁詞已去，連結也無大病，春野的景色，春日的情感，已能表出若干了。

再示一例吧。假如有這樣的一篇學生日記：

> 某月日，星期。

早晨，近處有一小孩被車子碾傷，門前大喧擾。我只在窗口望了一望，不忍近視。後來知道，這受傷的小孩是某家的獨子，送入病院以後即受手術，但願能就醫好。

正預習着明日的功課，李君來了。乃相與共同預習。所預習的是英語。二人彼此猜測先生的發問，不覺都皺了眉。

午餐與李君談笑共食。

午後到李君家，適他家有親戚來，李君很忙，我就回來了。

傍晚無事。

燈下繼續預習畢，翻閱小說，至敲十一點鐘，始驚覺就寢。

先就第一節看，所記的是偶發事項，與自己無直接關係；似乎是可記可不記的材料。如果要記，應只用簡潔的詞句，不應這樣冗長。可改削如下：

早晨，有一個小孩在門口被車子碾傷。附近大喧擾。聽說就送入醫院去了。

這樣已夠，再改作如下，則更好。

早晨，有一個小孩在門口被車子碾傷，爲之愴然。

“爲之愴然”這是感情的語句。加入了可以表出當時的心情。這種表示感情的語句，要簡勁有餘情，能含蓄豐富才好。

再檢查第二節。這節中末句：“皺了眉”很好，但開端太冗滯，宜改削如下：

正預習明日的英語，李君來了。乃相與共同預習。彼此猜測先生的發問，不覺皺了眉。

原文，“預習”兩見，“所預習的是英文”，是無謂的說明。改作如上，就比較妥當了。

第三節無病。第四節“他家有親戚來”云云，也與自己無關係，可省略，改如下：

午後因送李君，順便一到他家就歸。

第五節的“傍晚無事”全是廢話；無事，無事就是了，何必聲明呢？當全删。

第六節無病；末句能表出情味，不失爲佳句。

第十節　分段與選題

（一）文的分段　文字的分段，和句逗性質一樣，同是表示區劃的。最小的區劃是逗，其次是句，再其次是段。有時還有空一行另寫，表示比段更大的區劃的。

分段不但使文字易讀，且使文字有序不紊。分段有長有短，原視人而不同，但大體也有一定的標準，就是要每段自成一段落。用前節的例來說：

青青的草上，有黃白二蝶翩翩飛舞。草的盡處，小川潺潺流着，水面被日光反射成銀白色。

抬起倦眼仰望，兩個老鷹在空中迴旋，不時落近在地面上來，遠處的樹林，其上飄着蓬蓬的白雲。

溫風吹在身上，日光照在頭上，藉草坐了竟想睡去，

> 我不禁立了唱起歌來了。

這文是分做三段寫成的。第一段着眼近處，第二段着眼遠處，兩不相同，所以換行另寫。第三段是心情的抒述，和前二段叙述事物的又不同，所以再別做一段。換一着眼點，就把文字分段，這是普通的標準。

所要注意的就是標準只是相機而定的。例如上文第一段所包含的事物有草、蝶、小川三項；如果在全文描寫精細，不這樣簡單的時候；那麼由草而蝶，由蝶而小川，都可說是着眼點的更換，就都應分段了（下面二段也是這樣）。上文所以合爲一段，一因文字簡單，二因所寫的都是近景的緣故。

分段還有把每段特別提出的意思，能使分出的文字增加强度。有時，往往因爲要想使某文句增加强度，特意分行寫列的。試看下例：

> K君從車窗探出頭來說“再會”，我也說了一聲“再會”，不覺聲音發顫了。K君也把眼圈紅了起來。汽笛威嚇似地一作聲，車就開動。我目送那車的移行，不久被樹林遮阻，眼前只留着一片的野原。
>
> 啊！K君終於去了。
>
> 我不覺要哭起來了。

這文末二句原可並爲一段的，卻做二行寫着。分段以後，語氣加強，連全文都加了强度了。能適當分段也是文章技巧之一，但須入情合理，不可無謂妄飾。

（二）題的選擇　文字中，有先有題目，後有文字的；有先有文字，後有題目的。舊式文字往往先有題目，隨題敷衍。

其實，好的文字都是作者先有某種要寫的事物或思想情感，如實寫出，然後再加題目的。特別地在小品文應該如此。

題目應隨文的內容而定，自不容説。但陳腐的題目不能令人注目，有時因題目陳腐，使本文也惹了陳腐的色彩。過於新奇呢，又易使讀者讀了本文失望。所以題目非推敲斟酌不可。

舉例來説：前節所列春日寫景的文字，如果要定起題目來是很多的，《春野》、《春景》、《遊春》等等都可以。但我以爲不如定爲《藉草》來得切實而不落陳套。

在小品文中，文字須苦心製作，題目也須苦心製作。題的好壞，有時竟有關於文的死活。盡有文字普通，因了題目的技巧，就生出生氣來的。

> 今天母鷄又領了一羣小鷄到籬外來了。其中最弱的一隻，趕不上其餘的，只是郎當地在後跟着。忽然發出異常的叫聲，掙扎飛奔，原來後面來了一隻小狗。母鷄回奔過來，繞在那小鷄後面，向小狗做着怒勢。小鷄快活地奔近兄弟旁邊去，小狗懾於母鷄的威勢，也就逃走了。
>
> ——《親恩》

這文材料很普通，文字也沒有十分大了不得，但《親恩》這題目實有非常的技巧。因了題目好的緣故，平凡的本文也成了奇警了。這是用題目來振起全文的一例。

附錄一

作文的基本的態度

我曾看了不少關於文章作法的書籍，覺得普通的文章，其好壞大部份和態度問題有關；只要能了解文章的態度，文章就自然會好，至少可以不至十分不好。古今能文的人，他們對於文章法訣各有各的說法，一個說這樣，一個說那樣，但是千言萬語，都不外乎以讀者爲對象，務使讀者不覺苦痛厭倦而得趣味快樂。所謂要有秩序，要明暢，要有力等等，無非都是想適應讀者的心情。因爲離了讀者，就可不必有文章的。

要使文章能適合讀者的心情，技巧的研究原是必要，態度的注意卻比技巧更加要緊。技巧屬於積極的修辭，大部份有賴於天分和學力；態度是修辭的消極的方面，全是情理範圍中的事，人人可以學得的。要學文章，我以爲初步先須認定作文的態度。作文的態度就是文章的 ABC。

初中的學生，有的文字已過得去，有的還不大好。現在作文用語體，只要學過了語法的，語句上的毛病當然不大會有；而平日文題又很有自由選擇的餘地，何以還有許多的毛病呢？我以爲毛病都是由態度不對來的。態度不對，無論加了什麼修飾或技巧，文字也不能像樣，反覺討厭。好像五官不正的人擦上了許多脂粉似的。

文章的態度可以分六種來說。我們執筆爲文的時候，可以發生六個問題：

（1）爲什麼要作這文？

（2）在這文中所要述的是什麼？

（3）誰在作這文？

（4）在什麼地方作這文？

（5）在什麼時候作這文？

（6）怎樣作這文？

用英語來說，就是 Why? What? Who? Where? When? How? 六字可以稱爲“六 W”。現在試逐條說述。

（1）爲什麼要作這文？這就是所以要作這文的目的。例如：這文是作了給人看的呢，還是自己記着備忘的？是作了勸化人的呢，還是但想使人了解自己的意見，或是和人辯論的？是但求實用的呢，還是想使人見了快樂、感得趣味的？是試驗的答案呢，還是普通的論文？諸如此類，目的可各式各樣，因了目的如何，作法當然不能一律。普通論文中很細密的文字，當作試驗答案就冗瑣討厭了。見了使人感得趣味快樂的美文，用之於實用就覺得不便了。周子的《愛蓮說》，拿到植物學中去當關於說明“蓮”的一節，學生就要莫名其妙了。所取的題目雖同，文字依目的而異，認定了目的，依了目的下筆，才能大體不誤。

（2）在這文中所要述的是什麼？這是普通所謂題義，就是文章的中心思想。作文能把持中心思想，自然不會有題外之文。例如在主張男女同學的文字中，斷用不着“乾道成男，坤道成女”，“男子三十而娶，女子二十而嫁”等類的廢話。在記述風災的文字，斷不許有颶風生起的原因的科學的解釋。我在某中學時，有一次入學試驗，我出了一個作文題《元旦》，有一個受試者開端說“元旦就是正月一日，人民於此日大家休息遊玩……”等類的話，中間略述社會歡樂情形，結束又說“……不知國已將亡……凡我血氣青年快從今日元旦覺悟……”等，這是全然忘了題義的例。

(3) 誰在作這文？這是作者的地位問題，也就是作者與讀者的關係問題，再換句話說，就是要問以何種資格向人說話。例如：現在大家同在一個學校裡，假定這學校還沒有高級中學，而大家都希望添辦起來，將此希望的意思，大家作一篇文字，教師的文字與學生的文字，是應該不同的。校長如果也作一篇文字，與教師學生的亦不相同。一般社會上的人，如果也提出文字來，更加各各不同。要點原是一致，而說話的態度、方法等等，卻都不能不異的。同樣，子對於父和父對於子不同，對一般人和對朋友不同，同是朋友之中，對新交又和對舊交不同。記得有一個笑話，有一學生寫給他父親的信中說：“我錢已用完，你快給我寄十元來，勿誤。”父親見信大怒，這就是誤認了地位的毛病了。

(4) 在什麼地方作這文？作這文的所在地也有認清的必要，或在鄉村、或在都會、或在集會（如演說）、或在外國，因了地方不同，態度也自須有異。例如在集會中，應採眼前人人皆知的材料；在鄉村應採鄉村現成的事項；在國外，用外國語；在國內，應用本國語（除必不得已須用外國原語者外）。“我們的 father”、“你的 wife”之類，是怪難看難聽的。

(5) 在什麼時候作這文? 這是自己的時代觀念, 須得認清的。作這文在前清, 還是在民國成立以後? 這雖是大家都知道的事, 但實際上還有人没了解。現在歎氣早已用“唉”音了, 有許多人還一定要用“嗚呼”、“嗟乎”; 明明是總統, 偏叫做“元首”; 明明是督軍, 卻自稱“疆吏”; 往年黎元洪的電報甚至於使人不懂, 這不是時代錯誤是什麼?

(6) 怎樣作這文? 上面的五種態度都認清了, 然後再想作文的方法。用普通文體呢, 還是用詩歌體? 簡單好呢, 還是詳細好? 直説呢, 還是婉説? 開端怎樣説? 結末怎樣説? 先説大旨, 後説理由呢, 還是先説事實, 後加斷定? 怎樣才能使我的本旨顯明? 怎樣才能免掉別人的反駁? 關於此種等等, 都須自己打算研究。

以上六種, 我以爲是作文時所必須認清的態度, 雖然很平凡, 卻必須知道, 把它連結起來, 就只是下面的一句話:

> 誰對了誰, 爲了什麼, 在什麼地方, 什麼時候, 用什麼方法, 説什麼話。

如果所作的文字依照這裡面的各項檢查起來, 都没有毛病可指, 那就是好文字, 至少不會成壞文字了。不但文字如此, 語言也是這樣。作文説話時只要能夠留心這“六 W”, 在語言文字上就可無大過了。

附録二

論記叙文中作者的地位並評現今小説界的文字

普通文字的體裁，一般分爲議論、説明、記事、叙事四種。這分類雖由於文字的表面的性質，其實内部還含有作者的態度上的不同。就是作者自己在文中現出不現出的問題。在議論文中，所列的完全是作者對於某事物的判斷，作者完全現出在文裡；説明文，是以作者的見解來解釋某事物的，作者也現出在文中，不過程度較差罷了。至於記事文與叙事文，乃如實記述事物的文字，態度純屬客觀，作者在文字上無現出的必要，並且現出了反足以破壞本文的調子。因爲記叙文的使命，不在議論某事物的好壞，解釋某事物的情形理由，乃在將作者對於某事物的經驗如實傳給讀者，使讀者從文字上也得同樣的印象。這時候作者所處的只是個媒介的地位。媒介雖有拉攏男女之功，然在已被拉攏的男女之間，卻是大大的障礙物，非趕快躲避一旁不可的。

在這裡，恐怕有人要問："那末作者在記叙文中不能發揮自己的人格個性了嗎？"我的回答很是簡單，就是作者得因了文字暗示他的人格個性，而在文字的形式上，決不許露出自己的面目來。“鄭伯克段於鄢”，孔子雖在“克”字上表示許多深意，然在文字的形式上，除記叙以外卻不佔着地位。荷馬的人格個性雖可從《伊里約特》或《阿突西》等作品中想像彷彿，但從文字的形式上卻没有羼入着自己的解釋或議論。

除用了像上文所説的方法暗示作者的人格個性外，記叙文中實不容作者露出自己的面目；要露出自己的面目，非在本文以外另起爐竈不可。歷史中的“太史公曰”、“讚曰”等語以下的文字完全是議論性質，和正文本紀列傳中的文字異其態度了的。

記叙文在文字的形式上要看不出有作者在，方能令人讀了如目見身歷，得到純粹的印象。一經作者逐處加入説明或議論，就可減殺讀者的趣味。其情形正如戀愛男女喁喁情話着，媒介者突然露出面影來羼入障害一樣。凡是好的記叙文，大都是在形式上看不出有作者的。

> 楚子登巢車以望晋軍。子重使大宰伯州犁侍於王後。王曰：“騁而左右，何也？”曰：“召軍吏也。”“皆聚於中軍矣！”曰：“合謀也。”“張幕矣！”曰：“虔卜於先君也。”“徹幕矣！”曰：“將發命也。”“甚囂且塵上矣！”曰：“將塞井夷竈而爲行也。”“皆乘矣！左右執兵而下矣！”曰：“聽誓也。”“戰乎？”曰：“未可知也。”“乘而左右皆下矣！”曰：“戰禱也。”

這是《左傳》中叙鄢陵之戰的文字中的一節，可謂記叙文中典型的文字。其所以爲典型的，就在作者不露面目，能使讀者恍如直接耳聞楚子與伯州犁的對話。古來所謂好的記叙文中也有偶然於記叙中突然加入説明的，但真是很少，並且也只一二句，混入不多。例如《項羽本紀》中：

……項王即日因留沛公與飲，項王項伯東向坐，亞父南向坐。〔亞父者范增也。〕沛公北向坐，張良西向侍。……

章邯令王離涉間圍距離，章邯軍其南，築甬道而輸之粟，陳餘爲將，將卒數萬人而軍鉅鹿之北。〔此所謂河北之軍也。〕

又如《左傳·宣四年傳》：

初若敖娶於䢵，生斗伯比，若敖卒，從其母畜於䢵，淫於䢵子之女，生子文焉。䢵夫人使棄諸夢中，虎乳之、䢵子田，視之，懼而歸，夫人以告，遂使收之。〔楚人謂乳谷，謂虎於菟故命之曰斗谷於菟。〕以其女妻伯比。實曰令尹子文。

上面括號内的句子，都與上下别的句子態度不同：别的是記叙，括號内的卻是作者加入的説明了。我對於這種句子另有一個解釋，以爲不足爲病。原來這種句子如果在現在都是夾註性質，應用括號或搭附標，列在本文以外，古人尚無這種便利的符號，所以混入正文罷了。試看，把上例括號中的句子括出之後，上下文仍是銜接的。

記叙文應以不露作者面目爲正宗，從前流行的“夾叙夾議”究屬濫調。我國從來文人叙述一悲哀的事實，末尾常有“嗚呼悲矣”的附加語；描寫一難得的人物，往往用“嗚呼！可以風矣”煞脚。其實，這是作者對於讀者的專制態度。作者的任務只要把是悲或可風的事實如實寫出，傳給讀者就夠，至於悲不悲，被風不被風，都屬於讀者的自由，不必用了諄諄教誨的態度來强迫的。

我喜讀《孔雀東南飛》，但對於末尾的“多謝後世人，戒哉慎勿忘”二句，常感不快，以爲總是缺陷，不如没有了好。因爲作者在這二句中突然伸出頭來了。同是描寫兵禍的詩，我喜讀杜甫的《石壕吏》，而不甚喜讀白樂天的《新豐折臂翁》。因爲前者純係記叙性，後者的末尾一段：“君不聞，開元宰相宋開府，不賞邊功防黷武；又不聞，天寶宰相楊國忠，權求恩幸立邊功；邊功未立人生怨，請問新豐折臂翁。”完全是作者自己在那裡説話，突然露出了面目的。《新豐折臂翁》是《新樂府》五十首之一，據白樂天自序，這五十首是“爲君爲臣爲民爲物爲事而作，不爲文而作”的。

不用説，記叙文中也有以作者自身爲對象的。但這只限在文體“自序”或第一人稱的小説的時候。這時作者完全與讀者對面，作者就是文中的主人翁，一切都用了告語的態度寫出。其情形與作者自己做了媒介傳給外界某事物的光景於讀者時，完全不同的。用主觀的態度或第一人稱到底，可以，用客觀的態度或第三人稱到底，也可以。所可非議的只是明明是客觀的態度或第三人稱的文字，突然作者伸出頭來，把主觀的或第一人稱的態度夾雜進去，使文字失其統一。

中國舊小説中，這種不統一之處很多。作者用了“可以戒矣”、“可以風矣”的態度含着勸懲主義的不必説，即在文字的形式上，作者時時出頭。先就小説文字的腔調看，有下面種種的例可指：

“卻說”，“正是”，“未知後事如何，且聽下回分解。”

“前人有詩曰……”或“有詩爲證。”

“說時遲，那時快。”

“閒言不表，且歸正傳。”

“也是合當有事。”

這類詞句都是作者的口氣，就是作者在文中時時現出了。以上還不過就常用的腔調說，正文中同樣的缺陷也幾乎隨處皆有。試以《紅樓夢》爲例：

> 〔第四回中既將薛家母子在榮府中寄居等事略已表明，此回則暫不能寫矣，如今且說〕林黛玉自在榮府，一來賈母萬般憐愛，寢食起居一如寶玉……
>
> （第五回）

> ……寶玉笑而不答，一徑同秦鍾上學去了。〔原來這義學也離家不遠，原係當日始祖所立，恐族中子弟有不能延師者，即入此中讀書。凡族中爲官者皆有幫助銀兩以爲族中膏火之費，舉年高有德之人爲塾師。〕如今秦寶二人來了，一一的都互相拜見，讀起書來。……〔原來這學中雖多是本族子弟與些親戚家子姪，俗語說得好：“一龍一種，種種各別。”未免人多了，就有龍蛇混雜下流人物在內。〕自秦寶二人來了，都生得花朵兒一般模樣……
>
> （第九回）

> ……金榮只顧得意亂說，却不防還有別人，〔誰知〕早又觸怒了一個人。〔你道這人是誰？原來這人名喚賈薔，亦係賈府中之正派玄孫……〕
>
> （同上）

再以《水滸》爲例：

……十五人眼睜睜地看着那七個人都把金寶裝了去，只是起不來，掙不動，説不得，〔我且問你，這七人端的是誰？不是别人，原來正是晁蓋，吴用，公孫勝，劉唐，三阮這七個，恰才那個挑酒的漢子，便是白日鼠白勝。却怎樣地用藥？原來挑酒上岡子時，兩桶都是好酒。七個人先吃了一桶，劉唐揭起桶蓋，又兜了半瓢吃。故意要他們看着，只是叫人死心塌地。次後吴用去松林裡取出藥來抖在瓢裡；只做走來饒他酒吃，把瓢去兜時，藥已攪在酒裡，假意兜半瓢吃，那白勝劈手奪下，傾在桶裡。——這個便是計策。那計較都是吴用主張，這個唤做"智取生辰綱"。〕

（第十五回）

那婦人回到家中……每日却自和西門慶在樓上任意取樂……這條街上遠近人家無有一人不知此事，却都怕懼西門慶那厮是個刁徒潑皮，誰肯來多管！〔常言道"樂極生悲，否極泰來。"光陰迅速，前後又早四十餘日。〕却説武松自從領了知縣言語……

（第二十五回）

夠了，不必多舉了。把上面括號中的部份和不加括號的部份合讀起來，很足使人感到不調和的缺陷。我也認《紅樓夢》與《水滸》是有價值的小説，但對於這樣的筆法，總覺有點不滿。在近世别國的小説中是找不出這樣的手法的。

以上是我個人對於記叙文的見解和對於舊文藝的不滿的表示。以下試以這見地來評現在新作家的創作。在這裡，我先要聲明二事：（一）我所評的不是作品全體，只是作品的形式部份——文字而已。(二)我因無暇無錢，不能普遍地蒐羅現今當世諸作家的作品來讀，所經眼的作品只是很有限的幾篇。

現今諸家的作品，手法上、體裁上，大家都已力求脱去舊套，摹倣他國的了。但就我所見到的有限的若干作品中，似乎還有許多地方未能脱盡舊式，有着我所謂不統一的瑕疵的。例如魯迅的《風波》中：

> 老人男人坐在矮櫈上，摇着大芭蕉扇閒談，孩子飛也似地跑，或者蹲在烏桕樹下賭玩石子。女人端出烏黑的蒸乾菜和松花黄的米飯，熱蓬蓬冒煙。河裡駛過文人的酒船，文豪見了大發詩興，説，“無思無慮，這真是田家樂啊!”
>
> 〔但文豪的話有點不合事實，就因爲他們没有聽到九斤老太們的話。〕這時候九斤老太正在大怒……

又如郁達夫的《沉淪》中：

> 第一高等學校將開學的時候，他的長兄接到了院長的命令要他回去。他的長兄便把他寄託在一家日本人的家裡。幾天之後，他的長兄長嫂和他的新生的姪女就回國去了。
>
> 〔東京的第一高等學校裡有一班預備班，是爲中國人特設的。在這預科裡預備一年卒業之後才能入各地高等學校的正科，與日本學生同學。〕他考入預科的時候，本來填的是文科，後來將在預科卒業的時候，他的長兄定要他改到醫科去，他當時亦没有什麼主見，就聽了長兄的話把文科改了。
>
> 〔在生活競争不十分猛烈，逍遥自在，同中古時代一樣的時候，在風氣純良，不與市井小人同處，清閒雅淡的地

方，過日子正如做夢一般。〕他到了N市之後，轉瞬之間，已經有半載多了。

又如葉紹鈞的《潘先生在難中》中：

> 不知幾多人心繫着的來車居然到了。悶悶的一個車站就一變而爲擾攘的境界，〔來客的安心，候客者的快意，以及脚夫的小小發財，我們且都不提，單講一位從讓里來的潘先生。〕他當火車没有駛進站場之先，早已調排得十分周妥，他領頭，右手提着黑皮包，左手牽着個七歲的孩子。七歲的孩子牽着他的哥哥，〔今年九歲。〕哥哥又牽着他的母親，潘師母。潘先生説人多照顧不齊，這麼牽着，首尾一氣，猶如一條蛇，什麼地方都好鑽了。他又屢次叮囑，教大家握得緊緊，切勿放手，尚恐大家忘了，又屢次摇蕩他的左手，意思是教他把這個警告打電報一般一站一站遞過去。〔首尾一氣誠然不錯，可是也不能全然没有弊端。火車將停時所有的客人和東西，都要湧向車門，潘先生一家的一條蛇是有點尾大不掉了。〕

這都是第三人稱的小説，而於中卻夾入着作者主觀的議論或説明，就是作者忽然現出。文字在形式上失了統一，應認爲手法上的不周到，須改善的。這種文例，據我所見到的着實還不少，反正是同樣的例，不多舉它。

此外，諸家的作品中，還有表面上似不犯上面所説的缺陷，而骨髓裡卻含有同樣不統一的毛病的，例如冰心的《超人》中所列的廚房裡跑街的十二歲的孩子祿兒在花籃中附給主人公何彬的信：

我也不知道怎樣可以報先生的恩德，我在先生門口看了幾次，桌子上都没有擺着花兒——這裡有的是賣花的。不知道先生看見過没有——這籃子裡的花，我也不知道是什麼名字，是我自己種的，真是香得很，我最愛它。我想先生也必是愛它，我早就要送給先生了，但是總没有機會，昨天聽説先生要走了，所以趕緊送來。

我想先生一定是不要的。然而我有一個母親，她因爲愛我的緣故，也很感激先生。先生有母親麼？她也是一定愛先生的。這樣，我的母親和先生的母親是好朋友了。所以先生必受母親的朋友的兒子的東西。

禄兒叩上。

姑勿論貧苦的祿兒能否識字寫信，即使退若干步説，祿兒曾識字能寫信，但這樣拗曲的論調，究竟不是十二歲的小孩的筆端所能寫得出的，揆諸情理殊不可通。其病源完全與上述各例一樣，是作者在作品中露出馬脚來。不過一是病在表面，一是病在内部罷了。

易卜生的《娜拉》中，哈爾茂稱娜拉爲“小鳥”，爲“可愛的小松鼠”，爲“可愛的雲雀”。馬克斯諾爾道（Max Nordau）在《變質論》中批評他説：“這是銀行經管，辯護士，同居八年了的丈夫，對於已經做了三個子女的母親的妻所應有的口吻嗎？”

套這口氣，我對於上面的信，也要發同樣的疑問：“這信是廚房徒弟，十二歲的小孩所作的文字嗎？”章實齋的《古文十弊》裡説：

> 文人固能文矣，文人所書之人不必盡能文也。敍事之文，作者之言也，爲文爲質，惟其所欲，期如其事而已矣。記言之文，則非作者之言也，爲文爲質，期於適如其人之多，非作者所能自主也。名將起於卒伍，義俠或奮閭閻，言辭不必經生，記述貴於宛肖。而世有作者，於此多不致思，是之謂優伶演劇。……

這雖爲"古文"而說，我以爲實是普通記述文字應守的律令。上例正犯了此律令。

又有不但部份上態度不一致，全篇犯着不統一的毛病的。例如《創造週報》(第十三期) 全平的《獃子與傷傑》。

依理，要對於全篇加批評，應把原作全體抄錄。爲避煩計，只得摘取開端和結尾，顯出其全文形式上的態度。並且，我以爲但看開端和結尾就夠。因爲已可看出全文形式上的口氣了。原作開端一節是：

> 當去年暑假到來的時候，我的鄉人C君在平民教養院所獲得的美缺，被他的友人H君佔去了。

結尾一節是：

> 暑假到了，識時務的儁傑H君代替C君佔了教養院的美缺了，不合時宜的獃子C君茫然地離開了教養院，絕無留戀。他把他曾進行的艱巨的交際工程完全拋棄了。他開始了在儁傑的對面度那寂寞孤獨而被人譏諷的獃子的生涯。

因爲文字在敍述上是逆行的，所以結尾仍舊說到開端所說的事情爲止。詳細請看原作。就這開端和結尾二節看，就可知道C君在文中是主人公，H君是副主人公，語氣是第三人稱的。以下就依了這些條件來加以批評。

全篇稱“C君”、“H君”，則作者立在旁面觀察的地位可知，這文中的人名下加稱呼，完全是普通稱呼性質，和葉紹鈞的《潘先生在難中》的“潘先生”性質不同。葉的“潘先生”已是專稱，和通常稱潘某某没甚兩樣。這文裡的稱“君”，純粹只是普通稱呼。

依上面的立腳點説，原作中凡叙述主人公内生活的處所，幾乎全體發生衝突了。例如：

> 大會早已散了。C君和H君並坐在“一路”電車中。他〔滿懷快樂，滿臉高興。〕……

“滿臉高興”是旁觀者看得出的，至於“滿懷快樂”，依上列的條件似乎是有點通不過去了。更有甚者：

> 電車到了静安寺，他們倆走下車來，步行回去，途中C君想：H君的話確有幾分道理……

試問，作者何以知道C君在想？在這樣想呢？這樣一一檢查，幾乎全篇各處都要逢到同類的困難了。

我以爲這困難完全在用了一“君”字的緣故，因爲“君”字的背後，露出有作者的地位的。

原來在第三人稱的小説作者的立點有三：一是全知的視點(The omniscient point of view)；二是制限的視點（The limited point of view)；三是純客觀的視點（The rigidly restricted point of view)。在全知的視點中，作者好似全知全能的神，從天上注視下界。作品中一切人物的内心秘密無不知道。一般描寫心理的小説，作者如果不完全立腳於這態度，就在情理上通不過去。制限的視點，是把全知的視點縮小範圍，只在作品中一人物上，行使其全知的權利，凡借了作品中一人物（主人公）而叙述一切者皆是。純客觀的視點範圍更狹，作者絶不自認有全知的權利，對於作品中人物但取客觀的態度而已。

上例既稱“C君”、“H君”，當然是屬第三的純客觀的視點的文字，作品中人物的内心生活，實無知道的權利。若欲改爲第一的全知的視點，或第二的限制的視點，則不應稱“君”。但稱C和H就是了。“君”的稱呼，實是原文中致命的傷點。

以上是我因了個人的記叙文的見解，對於現今小説界文字上的批評。論理我於指摘缺點以外，應再舉國内或國外的小説中的正例來證明己説。但這有好幾個難點，舉全文呢，不但不勝其煩，且不知舉誰的哪一篇好；舉一節呢，又恐讀者要發生“以偏蓋全”的懷疑，以爲一節的無病，不能證明全文的也都無病，不得已只好不舉了。據我個人所知，别國名小説中是少見有這樣不統一的文字的。

附錄三

我在國文科教授上最近的一信念
——傳染語感於學生

無論如何設法，學生的國文成績總不見有顯著的進步。因了語法、作文法等的幫助，學生文字在結構上、形式上，雖已大概勉强通得過去，但內容總仍是簡單空虛。這原是歷來中學程度學生界的普通的現象，不但現在如此。

爲補救這簡單空虛計，一般都獎勵課外讀書，或是在讀法上多選內容充實的材料。我也曾如此行着，但結果往往使學生徒增加了若干一知半解的知識，思想愈無頭緒，文字反益玄虛。我所見到的現象如此，恐怕一般的現象也難免如此吧。

近來，我因無力多購買新書，時取以前所已讀而且喜讀的書卷反覆重讀，覺得對於一書，先後所受的印象不同，始信"舊書常誦出新意"是真話。而在學生的教授上，也因此得了一種新的啓示，以爲一般學生頭腦上的簡單、空虛，或者可以用此救濟若干的。

我現在的見解以爲：無論是語是句，凡是文字都不過是一種寄託某若干意義的符號。這符號因讀者的經驗能力的程度，感受不同：有的所感受的只是其百分之一二，有的或者能感受得更多一點，要能感受全體那是難有的事。普通學生在讀解正課以及課外讀書中，對於一句或一語的誤解不必說了，即使正解，也決非全解，其所感受到的程度必是很淺。收得既淺，所發表的也自然不能不簡單空虛。這在學生實在是可同情的事。

舉例來說，“空間”一語是到處常見的名詞，但試問學生對於這名詞的了解有多少的程度？這名詞因了有天文學的常識與否，了解的程度大相徑庭。“光的速度，每秒行十八萬里，有若干星辰，經過四千年，其所發的光還未到地球。”試問在沒有這天文學常識的學生，他們能如此了解這名詞嗎？在學生的心裡，所謂“空間”，大概只認爲是屋外仰視所及的地方吧。同樣，“力”的一語在學生或只解作用手打人時的情形吧；“美”的一語，在學生或只解作某種女人的面貌的狀態吧。

以上是就知的方面說的，情的方面也是如此。我有一次曾以《我的家庭》爲題，叫學生作文。學生所作的文字都是“我家在何處，有屋幾間。以何爲業，共有人口若干……”等類的文句，而對於重要的各人特有的家庭情味，完全不能表現。原來他們把“家庭”只解作一所屋裡的一羣人了！“春”、“黃昏”、“故鄉”、“母親”、“夜”、“窗”、“燈”，這是何等情味豐富、詩趣充溢的語啊，而在可憐的學生心裡，不知是怎樣乾燥無味、殺風景的東西呢！

不但國文科如此，其他如數學科中的所謂“數”和“量”，理科中的所謂“律”和“現象”，歷史中的所謂“因果”和“事實”等等，何嘗能使學生有充分的了解？

要把一語的含義以及內容充分了解，這在言語的性質上，在人的能力上，原是萬難做到的事。因爲一事一物的內容本已無限，把這無限的內容用了一文字代替做符號，已是無可如何的辦法。要想再從文字上去依樣感受它的內容，不用說是至難之事。除了學生自己的經驗及能力以外，什麼講解、說明、查字典，都没有大用。誇張點說，這已入了"言語道斷"的境地了。

真的！要從文字去感受其所代表事物的全部內容，這是"言語道斷"之境。在這絶對的境界上，可以說教師對於學生什麼都無從幫助。因爲教師自身也並未能全體感受任何一文字的內容。其實，世間決没有能全體感受任何一文字的內容的人，所不同的只是程度之差罷了。數學者對於數理上的各語所感受的當然比普通人多。法律學者對於法律上的用語，其解釋當然比普通人來得精密。一般做教師的，特別的是國文科教師，對於普通文字應該比學生有正確豐富的了解力。換句話說，對於文字應有靈敏的感覺。姑且名這感覺爲"語感"。

在語感鋭敏的人的心裡，"赤"不但只解作紅色，"夜"不但只解作晝的反對吧。"田園"不但只解作種菜的地方，"春雨"不但只解作春天的雨吧。見了"新綠"二字，就會感到希望煥然的造化之功、少年的氣概等等說不盡的情趣。見了"落葉"二字，就會感到無常、寂寥等等說不盡的詩味吧。真的生活在此，真的文學也在此。

自己努力修養，對於文字，在知的方面，情的方面，各具有强烈鋭敏的語感，使學生傳染了，也感得相當的印象。爲理解一切文字的基礎，這是國文科教師的任務。並且在文字的性質上，人間的能力上看來，教師所能援助學生的，只此一事。這是我近來的個人的信念。